みつばの郵便屋さん

二代目も配達中

小野寺史宜

ポプラ文庫

contents

小野寺史宜

みつばの郵便屋さん

Mitsuba's Postman

Onodera Fuminori

二代目も配達中

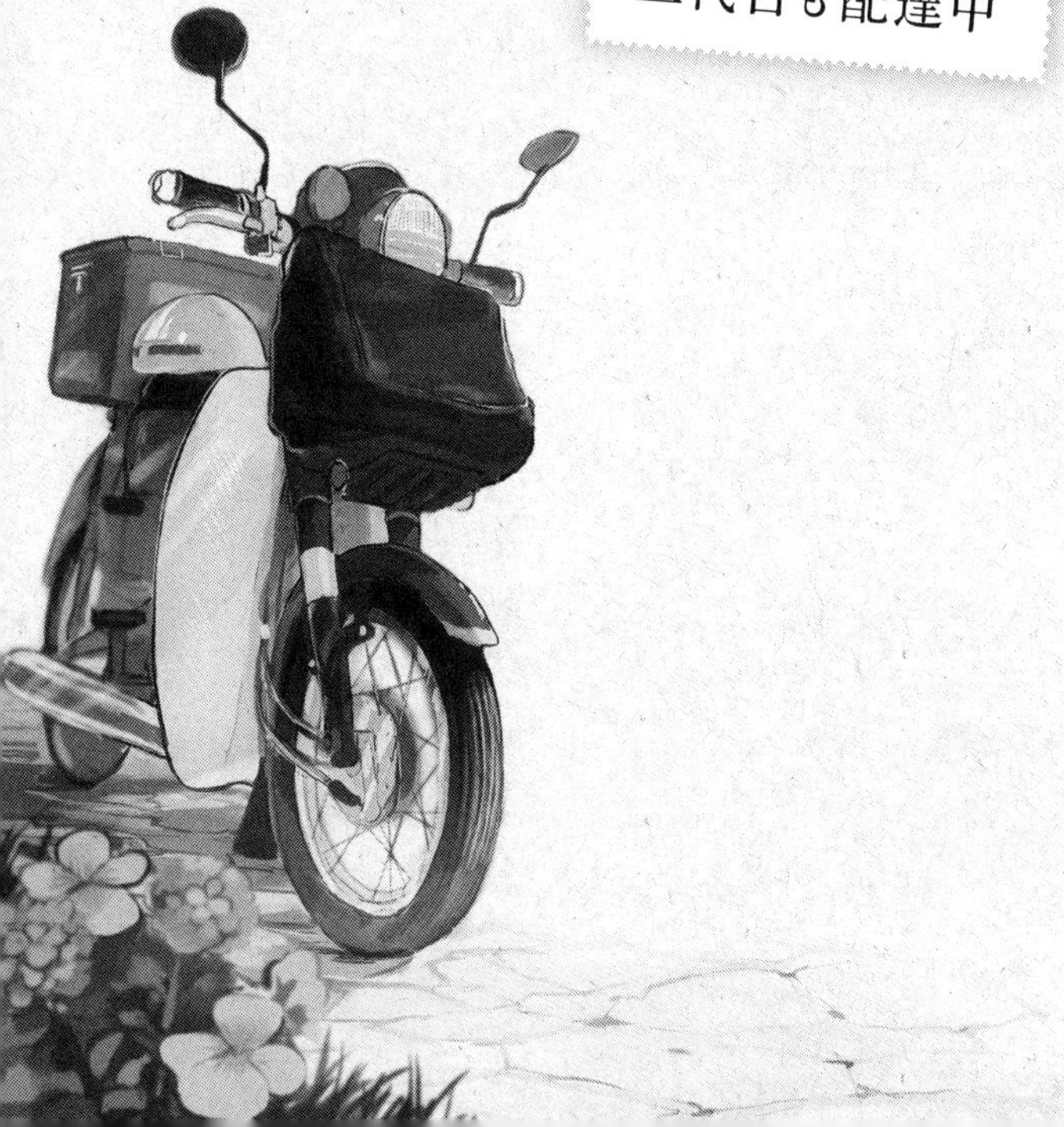

二代目も配達中

女性にバイクで追いかけられていると、何か落ちつかない。ただあとをついてきてもらっているだけなのに、下手なことはできないぞ、という妙な緊張感が生まれるのだ。無意識にカッコをつけてしまうからかもしれない。

髪をショートボブにした女性。僕と同じ二十六歳。新人ではないから、運転もおっかなびっくりではない。

まず、バイクに乗せられていない。きちんと乗りこなしている。適度に背すじが伸びた乗車姿勢や右左折時の体の傾け具合を見れば、そのことがわかる。何なら僕よりうまいかもしれない。

去年の四月に早坂翔太《はやさかしょうた》くん、十月に谷英樹《たにひでき》さん。一年で二人が来たのだから今年はないだろう、少なくとも一班に入ることはないだろう、と思っていた。

あった。年度替わりにちょっとした班の組み替えが行われ、ウチから一人出たところへ、ちょうどみつば局に異動してきた彼女が入ったのだ。

昨今、女性の配達員は数多くいる。車で小包などを配達する女性を見かけても、もはや違和感を覚えはしないだろう。ただ、バイクで配達する正社員となると、まだ多いとは言えない。僕自身、この仕事をするようになって九年めだが、正社員の女性と同じ班になるのは初めてだ。

ついさっき。着任のあいさつの際、谷さんがつい声を洩らした。

「女かよ」

それを受けて、彼女は言った。

「初めまして。筒井美郷《つついみさと》です。女と認めてくれてよかったです。わからないことは、うるさいくらいに何でも訊いちゃうと思います。お世話になります。よろしくお願いします」

パチパチと拍手が起きた。僕も拍手をした。

「じゃあ、通区《つうく》は、一番大きな拍手をした平本《ひらもと》くんにやってもらおう」と小松《こまつ》課長が言った。初めから決まっていたことなのに。

予想外に軽くかまされた谷さんは、あいさつをすませて班に加わった美郷さんにさっそくかまし返した。

「仕事で女とかは関係ねえからな」

美郷さんはそこでも冷静に対応した。

「わかってますよ、そんなこと」

で、今は僕の後ろについている。

その区を担当することになった人に配達のコースや注意点を教える通区。新人なら三日あてることもあるが、美郷さんはそうではないので、二日。場所は三区、蜜葉《みつば》市の四葉《よつば》だ。

初めはみつば一区の予定だった。蜜葉市みつば。区画整理されている平坦な埋立地で、配達がしやすいからだ。女性の美郷さんだから、というわけではない。一区めはたいていの人がそうなのだ。僕もそうだったし、早坂くんもそうだった。

「戸建てが多い住宅地。いいよね？」

小松課長がそう言うと、美郷さんはこう返した。

「かまいませんけど。もし希望を言えるなら、バイクで長く走れるところがいいです。田舎っぽいところというか」

別に人員的な問題はなかった。むしろ、アルバイトさんが入ってきたときのために、みつば一区は空けておいたほうがいい。

ということで、急遽《きゅうきょ》、四葉になった。住人のかたがたには聞かせられないが、田舎っぽいところ。みつばが造成される前からあった四葉。国道の向こう、高台に位置する地区だ。道がくねくね曲がっている。田畑も雑木林もある。神社もある。

半年前、谷さんが異動してきたときも、僕が四葉の通区を担当した。谷さんには大いに苦労させられたものだ。僕の話は聞かない。コース外のわき道に一人で入っていく。もう、やりたい放題だった。それでいて能力が高いから困る。

だが美郷さんはそんなことはない。いや、能力が低いという意味ではなく、僕を手こずらせないという意味。

実際、僕の話は聞いてくれるし、質問もしてくる。うるさいくらいに何でも訊いちゃう、と自分で言っていたが、うるさくはない。うるさくないどころか、話していて楽しい。

聞いてくれるから、僕もその場で思いついたことは何でも伝える。

「このお宅は、郵便受けがないんで、そこの窓を開けて、畳の上に置いてください」

「勝手に開けちゃっていいの？」

「はい。家の人、承知です。そうしてほしいと言ってます」

「窓のカギ、いつも開いてるわけ？」

「開いてます」

「泥棒に入られちゃうじゃん」

「盗られて困るものはないんだそうです」

「すごいね。現代人？」

「見た感じは」

「って、それ、失礼じゃないようで、失礼」

　お次は。

「このお宅は、そこのドアポストでいいんですけど、内側に受け箱がないんで、気をつけてください。三和土《たたき》にそのまま落ちます。重いものとか割れそうなものとかは要注意です」

「注意って、どうすればいいの？」

「手渡し、ですかね。いないことが多いですけど」

「そのときは？」

「持ち戻り、ですね。不在通知を入れて」

「大変！」

　あとは。

「その犬は、だいじょうぶです。ペロって名前ですけど、絶対に嚙《か》みませんから」

「犬に絶対はないでしょ」

「いえ、ペロに関しては、あります。嚙まないどころか、吠えもしないです。『番犬なのに困っちゃう』と家の人も言ってます。ただ、帰るときにあいさつはしてくれます」

「あいさつ?」

「ええ。『ワフ!』と。さよならみたいなもんです」

「それはいいね。なごむ」

「ですね。谷さんですら、そう言ってます」

「谷さんて、あのキツい人?」

「ええ、まあ。慣れればそんなにはキツくないですよ。実は結構いい人だったりもします」

「実はいい人って、曲者《くせもの》よね。実はいいなら普段からよくしなさいよって話じゃない」

「それは、えーと、どうなんでしょう。そうできない場合もあるというか、そうできない人もいるということ、なんですかね」

と、そのあたりで午前十一時。美郷さんは言う。

「ねぇ、平本くん」

「はい?」

「何で敬語？　わたしたち、タメでしょ？」

「そうですね」

「ならタメ語にしてよ。局に入った年も、同じだよね？　もしかして、大卒？」

「いえ、高卒です」

「わたしも。だからタメもタメじゃん。これからはタメ語ね」

「じゃあ、タメ語で。呼び方は、えーと、美郷さんでいい、よね？」

「それはどっちでも。筒井さんでも美郷さんでもいい。何なら呼び捨てでもいいし」

「なら美郷さんにするよ。あだ名のつもりで。筒井さんは、何か硬い」

「美郷さん、了解」

三区の四葉は、戸数こそ少ないが、広い。だから、美郷さんが望んだように、長く走らなければならない。

いちいち局に戻っていると時間がムダになるので、基本的に、昼食は現地でとる。現地。ほとんどが屋外だ。飲食店は私鉄の四葉駅前にいくつかあるだけだから、自然とそうなる。コンビニでおにぎりや弁当を買い、ベンチがある無人の神社や、雨の日なら橋の下にバイクを駐めて、食べるのだ。夏や冬はちょっとツラいが、春や秋は気持ちがいい。

とはいえ、今日は一時帰局するつもりでいた。ことこれに関しては、美郷さんがいるからだ。女性は外で食べない、もしくは、女性に外で食べさせてはいけない、ということではない。問題は、トイレ。

外で食事をすること自体は美郷さんも好きらしいが、前の局でも昼食時は戻っていたそうだ。コンビニのトイレを利用させてもらうこともあるにはある。が、毎日というわけにもいかない。そこはムダと考えず、初めから割りきって、一時帰局する。その意味では、やはり女性には局の近くの配達区を担当させることも多いようだ。周囲一キロに人っ子一人いなくなるような地区では、さすがに防犯上の問題もある。

局を出る前に、平本くんはいつもどうしてんの？　と訊かれ、コンビニで買って外で食べます、と答えていた。じゃあ、今日明日はそれで。トイレはそこのコンビニで借りるし。と、美郷さんは言ってくれた。それでも、局に戻るつもりでいた。トイレに入っているのを外で待たれるのもいやだろうから。

そんなわけで、局への往復のタイムロスがなるべく出ないよう、ほんの少し配達コースを変えたのだが、それが裏目に出た。いや、反対。吉と出た。

四葉五一。今井《いまい》博利《ひろとし》さん宅。いつもなら午後に訪れるその今井さん宅を、今日は正午前に訪れた。

学校が春休みなので、今井さんのお孫さん、貴哉《たかや》くんもいた。バイクの音を聞きつけ、広い庭に出てくる。

「早い！」と言われ、

「うん。今日はちょっとね」と応じる。

同行者あり。しかもその同行者が女性であることに、貴哉くんは驚いた。新学期からは小学二年生。驚き方がとてもわかりやすい。目を大きく開けている。あっ！　の形で、口も大きく開けている。

僕に続いてバイクを降りた美郷さんが言う。

「いいなぁ、春休み。うらやましい。郵便局にもあればいいのに。思いきって、一週間くらい配達なし。でもそうなると、みんな困っちゃうか」

配達なし、にではなく、その冗談への対応に困っている貴哉くんに続き、庭には祖父の今井さんも出てくる。

「また新しい人？」

「はい」と、その質問には僕が答える。

「女性なんて珍しい。いや。ウチに来るのは、初めてかな」

「こんにちは。みつば局の筒井です。これから何度も伺うことになると思います。よろしくお願いします」

「あぁ、そう。こちらこそよろしく。ほら、貴哉も、よろしくお願いしますって」

「よろしくお願いします」と、貴哉くんが今井さんの口調そのままに言う。その言葉を口にしながらまったく頭を下げないところが、やはり子どもらしくておもしろい。

今井さんは、僕のカノジョである三好《みよし》たまきが住むみつばのアパート、カーサみつばのオーナーだ。かつては管理業務もこなしていたが、今は娘さん、すなわち貴哉くんの母親の容子《ようこ》さんがそれをこなしている。ほかにもパートタイムの仕事をしているようなので、容子さんは家にいないことが多い。

貴哉くんに今日の郵便物、ハガキ二通を手渡している僕に、今井さんが言う。

「あ、そうだ。郵便屋さん、お昼、まだでしょ？」

「はい。これから局に戻って食べます」

「じゃ、ちょうどよかった。焼きそばをつくったんだよ、貴哉と二人で食べようと思って。ここにテーブルを出すから、一緒に食べてってよ」

「あ、でも」

「君らの分もすぐつくるよ。鉄板に火は通ってるし」

「鉄板、なんですか？」

「うん。フライパンよりはそのほうがね」

「おいしそう」と美郷さん。

「おいしいよ。二人分じゃつくり足りなくてさ。遠慮しないで、食べてってよ。いいよな？　貴哉」

「いい！　食べていきなよ」

「本当に、いいんですか？」

「いい、いい。肉も野菜も多めにあるから、好きなだけ食べてって。あとの配達に影響が出ない程度に」

「うれしい！」と美郷さん。「いいですよ、ちょっとぐらいなら影響が出ても。焼きそばの食べすぎが原因で誤配、なんてことはないですから」

ないだろうか。満腹で注意力が散漫になって、誤配。ありそうな気がする。

「よし、決まり。さっそくつくるよ」

この今井さん宅は、高台も高台、その端にある。縁が、切り立った崖《がけ》になっている。だから国道の向こうのみつばの町を見下ろせる。四葉の隠れた絶景ポイントだ。

庭の柵寄りには、青い横長のベンチが置かれている。いつでもここで休んでよ、と今井さんは言ってくれる。現に、貴哉くんがいる土曜日などに休ませてもらう。そのたびに、今井さんは缶コーヒーをくれる。冬には、何と、保温庫で温めておいたものをくれる。ありがたい。

そのうえ、焼きそば！　しかも、つくりたて！　四葉には神社があると言ったが、神社以外にも神はいる。

今井さんが焼きそばをつくってくれているあいだに、美郷さんと僕と貴哉くんの三人で、大きめの車庫、というよりは小さめの倉庫から簡易テーブルとイスを出し、青いベンチも移動させて、食卓をこしらえた。

「すごい局だね。初日にこれ？」と美郷さんが感心する。

「僕もここまでは初めてだよ」

「ぼくは初めてじゃないよ」と貴哉くん。「よくこうやって外で食べるもん」

「うらやましい」と美郷さん。

「同感」と僕。

今井さんがわずか十分でつくってくれた焼きそばは、僕好みの太麵《ふとめん》で、モチモチしてとてもおいしかった。

「予想の三倍おいしいです」と美郷さんも言った。

そんな美郷さんに、貴哉くんがキレのありすぎる質問をぶつける。

「女なのに郵便屋さんなの?」

「おかしい?」

「おかしくはないけど。でもちょっとおかしい」

谷さんがしたらかなり失礼になりそうな質問だが、貴哉くんがする分には失礼でもなかった。女なのに、というのが、見下した感じにならない。男は男。それに対しての、女。そう聞こえる。

「貴哉。男にできて女の人にできない仕事なんてないんだぞ」と今井さんが言う。こちらは、女でなく、女の人になる。

「男女を問わず、人それぞれに、向いてる仕事と向いてない仕事があるっていうことなんだと思いますよ。例えばわたしなら、一日じゅうオフィスでイスに座ってやるような仕事はできないですもん。バイクのシートに座るならいいですけど、オフィスのイスは無理。課長が出かけたら、すぐにどこかへ逃げちゃうかもしれません。で、課長が帰ってきたら、素知らぬ顔で戻る」そして美郷さんは続ける。「って、今のなし。社会人として、不適切発言でした。聞かなかったことにしてください」

「ぼく、聞いちゃった」と貴哉くん。

「じゃあ、忘れて」

「忘れるんかい」と美郷さんがツッコみ、今井さんが笑う。

「忘れる」

ちょっとひやひやしつつ、僕も笑う。

去年の四月に初めて会った貴哉くんは、今井さんも心配していたが、人見知りが激しかった。この一年で、だいぶ変わったと思う。

貴哉くんの父親と離婚した容子さんは、当時暮らしていた福岡にそのまま残るつもりでいた。が、今井さんの手紙による説得を受けて、四葉の実家に帰ってきた。結果としてそれがよかったらしい。

「あ、そういえば」と貴哉くんに言ってみる。「栗田《くりた》先生、よその学校に行っちゃったの?」

「行っちゃった」

「今日がね、離任式だったんだよ」と今井さんが教えてくれる。「だから貴哉も午前中は学校に行ってたんだ」

「栗田先生、『一年でみんなと別れるのはさびしいです』って言ってた」

「そっか。僕もさよならを言いたかったなぁ」

栗田友代《ともよ》先生。三月までは貴哉くんの担任だった人だ。四葉小への配達の際は、校庭側の窓に席が近い栗田先生に郵便物を受けとってもらうことが多かった。学校が休みの土曜日にたまたま四葉の神社で会ったこともある。もう丸五年だからたぶん異動すると聞いてはいた。今日は離任式のあいさつに来ただけだろう。転居届もすでに出されている。

そう。栗田先生は四葉に住んでいた。この辺りにしては珍しい三階建てのアパート、フォーリーフ四葉。だからこそ、休日にジョギングをしていた先生と会ったのだ。神社での休憩中に。

フォーリーフ四葉の二〇三号室には、もう、ほかの人が入ることが決まっている。確か、高木《たかぎ》志織《しおり》さん、だ。入居予定はあさって。つまり、入居前からきちんと届を出してくれたのだ。おかげでこちらも混乱することがない。

今井さんにすすめられるまま、美郷さんも僕も焼きそばをお代わりし、ものの二十分で満腹になった。

今井さんがグラスに入った冷たいお茶を出してくれていたが、食後には、貴哉くんがいつもの缶コーヒーを出してくれた。

「しまったな。二本温めておくべきだった」と今井さんが言う。「いやね、貴哉が郵便屋さんにあげるって言うんで、一本は温めてたんだよ。筒井さんもいらした時点で、保温庫にもう一本入れておくべきだった。失敗失敗」

というわけで、貴哉くんがその二本を僕に渡してくれる。

「はい」

「ありがとう」と恭しく頂き、温かいほうを美郷さんに渡す。

「あ、いいよ、わたしが冷たいほうで。というか、冷たいほうがいいかな」

渡し直す。

「ありがとうね、貴哉くん。急に押しかけちゃって、ごめんね」

ううん、と貴哉くんが首を横に振る。

美郷さんは、次いで今井さんに言う。

「すいません。これを頂いたら、あとでトイレをお借りできますか?」

「どうぞどうぞ。これからも、つかいたいときは遠慮なく言ってね。庭にいなくても、声をかけてくれればいつでも貸すから」

美郷さんと食卓の後片づけにかかろうとしたら、そこもやはり今井さん、二人はお昼休みなんだから貴哉と休んでて、と言ってくれた。

すいません、と返しつつ、青いベンチをもとの位置に戻し、貴哉くんとそこに座った。

今井さんは空いたお皿やグラスを台所へと運び、僕はもらった缶コーヒー、貴哉くんは紙パックのマンゴージュースを飲む。

美郷さんは、ベンチには座らず、柵の前に立って、みつばの町を眺めていた。四丁目にできた三十階建てマンション、ムーンタワーみつばだけが異様に目立つ。

「春休みの前にね」と貴哉くんが僕に言う。「歩いていく遠足があったの」

歩いていく遠足。バスで行く大がかりなものではない遠足、ということだろう。

「遠足か。楽しそうだね」

「楽しくなかった」

「ん？」

「お弁当を、持っていったのね。広～い公園で、みんなで食べたの。芝生のとこで。ぼくはツルタくんとかと食べた」

鶴田優登《ゆうと》くん、だそうだ。やさしいにのぼるなんだって。と、貴哉くんは明らかにその優と登の字を知らない感じで説明した。

「それで、鶴田くんのお弁当にちっちゃいお魚みたいのがいっぱい入ってたから、変なのって言ったら、鶴田くん、泣いちゃった」

「あらら」

ちっちゃいお魚。佃煮だろうか。それとも、ちりめんじゃこだろうか。どっちもおいしいのに。ただ、小一のお弁当のおかずとしては変、なのか？

「鶴田くん、いつもは泣かないから、ちょっとびっくりした」

「そっか」

「でも鶴田くん、いつもぼくの悪口とか言う。ぼくがやめてよって言っても言う」

「仲直りは、してないの？」

貴哉くんはこくりとうなずいた。

なるほど。仲直りしないまま、学校が春休みに入ってしまったわけだ。で、離任式の今日も仲直りできなかった。それでどうにも気分が晴れず、せっかくの春休みを心から楽しめないのだろう。

「鶴田くん、悪口を言うんだ？」

「うん」

「貴哉くんは、言い返さないの？」

「言い返す、ときもある」

その遠足の日に思いきって強いことを言ってみたら予想外の反応をされてとまどった。そんなことかもしれない。

「お母さんが早起きしてつくってくれたおかずを友だちに変なのって言われたら、貴哉くん、悲しくない？」

「うーん。悲しくない」

「ほんとに？」

「だって、変なのは変なのだもん。ぼくのお母さんも、時々、変なのつくるよ。おかずじゃないけど、ご飯にのりで顔を描いたりする。お弁当箱のふたにのりがくっついて、鼻がとれてたりする。変」

「貴哉くんは鶴田くんのおかずを変だと思っちゃったかもしれないけど、鶴田くんは変だと思ってなかったかもしれない。それなのに変て言われたら、悲しくない？」

「うーん。ちょっと悲しい」

「だよね」

「でも鶴田くんだって、ぼくにいやなことを言ったよ。何度も何度も言ったよ」

そして貴哉くんは黙る。黙って、マンゴージュースを飲む。紙パックに挿したストローで、チューッ。

僕も、貴哉くんが用意してくれた温かい缶コーヒーを飲む。今井さんも僕も好きな、微糖タイプのものだ。この缶コーヒーを、今井さんは箱単位で買っている。レギュラーコーヒーの代用ではない。缶コーヒーはあくまでも缶コーヒーとして好きなのだそうだ。

横からのさらなるチューッの音で、小学校時代のことを思いだす。友だちと仲たがいをしたその次の日には、必ず自分から謝っていたことを。

どちらが悪かったかは関係ない。というか、仲たがいをしたときは、どちらも自分が悪いとは思ってない。だからこそ、仲たがいをする。

その険悪な状態が続くのが、僕はとてもいやだった。だからとにかく、翌日学校で顔を合わせたその瞬間に自分から声をかけて謝ることにしていた。何もなかったかのようにふるまうのではなく、昨日はごめん、とはっきり謝るのだ。

そうすると、あぁ、うん、とか、こっちもごめん、とか、向こうも言ってくれる。決して話をごまかさない。そうやって、問題をはっきり解決させる。もめた原因がどうこうではない。もめてしまったことそのものを謝ればいいのだ。

「じゃあさ、泣いた鶴田くんを見て、貴哉くんはどう思った?」

「うーん。ちょっとかわいそう、と思った」

ざまあみろ、ではなくてよかった。

「鶴田くんとは、二年生から、クラスがちがっちゃうの?」

「ちがわない。一年生のときと同じなんだって」

「そうか。じゃあさ、学校が始まったら、一言、ごめんて言っちゃえばいいんじゃないかな。鶴田くんのほうが、もう忘れてるかもしれないけど」

エラソーだなぁ、と思いつつ、言ってしまった。焼きそばと缶コーヒーをごちそうしてもらった、ただの郵便屋なのに。

きっと、貴哉くんも、自分が何をすればいいか、わかってはいるのだ。後ろからポンとひと押しされるだけで気持ちが軽くなることもある。新学期まであと数日、春休みを楽しめないのはもったいない。

「鶴田くんちに、遊びに行こうかな」

「え？」

「これから遊びに行って、ごめんて言う」

「いいね。うん。それはいいよ」

「ぼくね、お母さんのお弁当のことを言われたら、やっぱり、いやだ」

参った。蛙の子は蛙。今井さんのお孫さんは今井さんのお孫さん。僕が初めて、明日自分から謝る作戦、を実行に移したのは、小学四年生のころだ。貴哉くんは、小一と小二のあいだの春休みにそれをやってしまう。新学期を待たず、前倒しでやってしまう。冬に温めた缶コーヒーをくれる今井さんにもかなわないと思ったが、お孫さんにもかなわない。

微糖の缶コーヒーを飲み干したところで、午後一時。美郷さんがトイレを借り、今井さんに言われて、じゃあついでにと僕までもが借りた。貴哉くんと今井さんにお礼を言い、美郷さんと二人、今井さん宅をあとにする。配達、再開。

満腹→注意力散漫→誤配。それがいよいよ現実味を帯びてきた。通区をする側が、その通区中に誤配。それだけは避けたい。

三軒めのお宅で、美郷さんが言う。

「焼きそばを出してくれるのもすごいけど、あったかい缶コーヒーを出してくれるのもすごいね」

「うん。今井さんはすごいんだよ。まあ、初日に焼きそばを引き当てちゃう美郷さんもすごいけどね」

「でも一番すごいのは平本くんでしょ」

「何で？」

「だって、貴哉くん」

「ん？」

「さっきのあれ。おじいちゃんには言えないことも平本くんには言うってことじゃん」

「たまたまでしょ。身内じゃない人にだから言えることも、あるじゃない」

「その身内じゃない人に選ばれることがすごいんだって」

「きっと、話しやすいんだよ。ほら、よくテレビで見る春行《はるゆき》みたいな顔してるから」

「してるねぇ。わたしも、自分がその人に通区してもらうことになるとは思わなかったよ。春行の弟がみつば局にいるのは知ってたけど」

「知ってたんだ？　それ」

「知ってるよ。有名だもん」

「有名なの？」

「そりゃそうでしょ。でも平本くんは、何かちがうね、春行と。まあ、それもそうか。春行自身、テレビのあのまんまってことはないだろうし」

「いや、近いけどね、あのまんまに」

「そうなの？」

「そう」

「じゃあ、ちがっててよかったのか」そして美郷さんは言う。「あのまんまの春行なら、通区とかテキトーにやりそうだもんね」

＊　＊

あのまんまの春行が、家に来た。

家。二週間前まで借りていた二間のアパートではない。実家だ。二階建て、4LDK。車庫有。

今、僕は一人でその実家に住んでいる。急遽、そんなことになった。父が、勤める自動車メーカーの鳥取工場に異動したのだ。

五十五歳にして、地方の工場へ異動。といっても、左遷《させん》のようなものではないらしい。技術知識のある管理者が必要とのことで、呼ばれたのだ。

父は鳥取へと発っていった。単身赴任と言いたいとこだけど、ただの赴任だな、と笑っていた。そもそもが単身なわけだから、と。

そう。父は去年、母と離婚したのだ。

だからこれまでは実家に一人で住んでいた。その実家が空くことになったので、僕が戻った。人に貸すことも検討したが。貸すとなると家財をどうにかしなければならない。父が一、二年で戻る可能性もある。そこで、秋宏《あきひろ》が住んでくれ、となったのだ。

みつば局への通勤には少し時間がかかるが、実家に住むのはいやではない。ただ。ちょっと二の足を踏む事情もあった。

どのみち、それまで住んだアパートを出るつもりではいた。空いていたこともあり、今井さんがオーナーのカーサみつば二〇二号室、つまりたまきの隣の部屋に移ろうと思っていた。四葉小の栗田先生が、赴任した小学校の近くに住むことにしていると言っていた。それを聞いて、思いついたのだ。僕もそうしてみよう、自分の配達区に住んでみよう、と。

そこへ、父からの要請がきた。すでにたまきや今井さんに話していたら、たぶん、断っていた。考えに考えて、実家に戻るほうを選んだ。母が去り、父も一時的に去る実家を空にしてはおけない。そんな思いが芽生えた。

同じアパートの隣の部屋に住む。いわば半同棲。それを実現できなかった僕とたまきに対して、その上の同棲を実際に始めたのが、春行と百波《もなみ》。僕の兄と、そのカノジョ。どちらもタレントだ。どちらも売れている。身内のひいき目で見なくても。

この二人、同棲を始めたからにはもう僕のところへは来ないだろうと思っていた。前のアパートによく来ていたのは、そこがちょうどいい密会場所になったからだ。交際がバレるのを覚悟のうえで同棲を始めた二人に、もう密会場所は必要ない。

はずなのだが。

二人は普通に来た。同棲を始めて一月も経たないのに、もう来た。

「実家なんだから来るだろ」と春行は言った。「平本じゃなくなったとはいえ、おれも住んでたんだから」

　春行の今の名字は、母の姓である伊沢《いざわ》だ。芸名は名前だけの春行だから、別に支障はなかった。

「一戸建てはやっぱり広いね」と百波が言う。「何ていうか、落ちつき感がちがうよ。きちんと隣と隔てられてるっていうか」

「確かにな」と春行も同意する。「マンションに、その隔てられ感はねえもんな」

「春行のとこぐらい広ければ、あるでしょ」と僕。

「いやいや。やっぱちがうのよ。壁の向こうに、人はいるんだ。で、それはもしかしたら、週刊誌の記者かもしれない」

　三人で、居間のソファに座っている。春行と僕はビール、百波は梅サワーを飲んでいる。どれも近くのスーパーであらかじめ僕が買っておいたものだ。

「まだバレてないわけ？」と尋ねてみる。

「ああ。すぐにバレるかと思ったけど、腹決めてみると、意外にバレねえのよ。つっても、時間の問題だろうけどな。まあ、いいよ、バレても」

　そう答え、春行は梅のり塩味のポテトチップスをサクサク食べる。去年から百波と二人でハマっていたものだ。期間限定だったはずが、評判がよかったので、レギュラー商品になった。結果、今も食べている。

だまされた感じだ、と春行は言う。販売戦略に乗せられたとか、そんなふうに言わず、だまされた、と簡潔にまとめる。そこが春行の優れたところだと思う。だからトーク番組などで重宝されるのだ。

「映画の撮影のほうはどうなの？」と今度はそう尋ねる。

「あと少し」と答がくる。

「ぶっ続けで撮るんじゃないんだ？」

「それが理想だろうけど。ほら、おれはテレビのほうもあるから」

今夜も十時からのバラエティ番組にゲストで出るという。何人かのお笑い芸人さんたちと交ざって、ワイワイやるのだ。

この先消えることがあるにしても。春行が一発屋扱いされることはもうないだろう。そのぐらいの足跡は、すでに残している。一度消えたタレントさんが十数年を経て再浮上、なんてこともあるから芸能界はわからないが、春行の場合、消えたら消えたままだと思う。本人がうまい消え方を模索しているふしもある。

映画というのは、『リナとレオ』。マンガが原作の実写だ。リナちゃんとレオくんの山あり谷ありの十年間、みたいなわりとまっすぐな青春モノ。主役のレオが春行。リナは、そのためにわざわざ開いたオーディションに合格した新人の女優さん。

リナ役のオーディションがあれば受けたいと百波も言っていたが、そのオーディション自体が新人発掘のためのものになってしまったので、受けられなかった。それでよかったよ、と春行は言っている。落ちたら恥ずかしいとかじゃなくてさ、同棲がバレたときにあれこれ言われそうじゃん。コネかよ、とか。映画の宣伝のために同棲をバラしたのかよ、とか。

ちなみに、百波は今度、鷲見翔平《わしみしようへい》主演の映画に出ることになっている。春行と百波。この二人、本当に大物同士なのだ。

「福江《ふくえ》ちゃんの撮影は、これから?」と百波にも尋ねてみる。

「そう。今ちょっとシナリオを直してて、それから」

今や僕は百波を福江ちゃんと呼ぶようになっている。これを機にそうしてほしいと、百波自身に言われたからだ。これというのは、春行との同棲。カレシとの関係が深まったということで、カレシの弟との関係も自動的に深まったのだ。

「秋宏くんさ、影山《かげやま》ミルフィーユって知ってる?」と今度は百波が尋ねてくる。

「えーと、タレントさんだよね。最近、バラエティとかでよく見るよ」

「彼女、チナミなの」

田所静音。

「正しくは、元チナミ。本名は、タドコロシズネ。田んぼの所に静かな音で、田所静音。林《はやし》福江が百波っていうのと同じ。たぶん、事務所が勝手に決めたんでしょ」

「影山ミルフィーユ感、まったくなし。

「え?」

「ミルフィーユって、スゲえよな」と春行。「見事にそのままじゃん。スイーツのミルフィーユだろ?　平本マカロン、とか、伊沢マンゴープリン、みたいなもんだよな」

「春行は、共演したことないの?」とこれは僕。

「まだないな。どっちかの事務所が、裏で共演NGを出してたりして」

「そんなはずないじゃん。わたしたちが付き合ってることは、どっちの事務所も知らないんだから」

「あ、悪い。おれ、こないだ言ったわ。ウチの事務所に」

「え、そうなの?」

「ああ。もう知っといてもらったほうがいいと思って」

「なら言ってよ」

「だから言ったじゃん」

「もっと早く言えって言ってんの」

「だって、事務所に言ったのが一週間ぐらい前だよ。ちょうどマネージャーといいタイミングになったからさ、あ、じゃあ、言っちゃおうって」

「何よ、いいタイミングって」

「ほら、中道《なかみち》さんの熱愛報道が出たから、『あんたもこういうのないでしょうね』って言われて。今だ！　言っちゃえ！　と」

「何それ」

中道さん。中道結月《ゆづき》。去年、春行が『オトメ座のオトコ』というテレビの連ドラで共演した、これまた大物女優。春行との熱愛が噂されたこともあったが、事実ではなかった。中道結月がアプローチしたものの、春行は断ったのだ。百波と付き合ってるからと。

それからしばらくして、中道結月の熱愛報道が出た。こちらは事実らしい。相手は若社長だ。よくあるIT社長ではなく、財閥系企業のサラブレッド社長だという。

だとしたら、と、その熱愛報道が出た直後に百波は言った。中道さん、春行と二股かけようとしてたってことじゃないの？

あぶねー、と春行は無邪気に笑っていた。おれ、セーフ。やっぱ手に負える相手じゃねえわ。おれには百波が限度。

「とにかくさ、事務所に言ったんなら、そう言ってよね。一週間経つんでしょ？」

「撮影で忙しかったんだ。忘れてた」

「メールぐらいできるでしょ」

「メールで今の経緯を説明すんのはダルいだろ」

「電話だってできる」

「お前、深夜に電話かけると怒るじゃん」

「昼にかければいいでしょ」

「後半はずっと深夜の撮影だったんだよ。昼はおれ、爆睡。だから今言った」

「で、福江ちゃん、ミルフィーユだけど」と僕。

「あぁ。そう、ミルフィーユ」と百波。

「ミルちゃん」と春行。

「彼女、事務所をやめて、芸能活動もやめてたんだけど。よその事務所に入り直して、また出てきたのよ」

「そういうのは、ありなの？」

「売れっ子ならなしかも。彼女の場合は、アシスタント役とかでちょこちょこイベントに出てたくらいで、正式にはデビューしてなかったから、ウチの事務所も静観。でもまさか、ニセ者ハーフタレント、みたいなキャラクターで出てくるとはね。またそれが当たっちゃうとはね」

「あれ、ニセ者なんだ?」

「そう。キャラ。自分でも言ってるじゃない。本気のうそはマズいから」

つまり、やり方を変えて復活してきたわけだ。それこそ何年かを経て。

「その影山ミルフィーユが、あちこちの番組で言ってんのよ。自分は百波とユニットを組んでデビューする予定だったって」

「百波千波《ちなみ》、だ?」

「そう」

前に聞いたことがある。百波は、事務所の方針で、現影山ミルフィーユと組んだ百波千波としてデビューするはずだったのだ。絶対にソロでいきたいと千波がゴネたから、そうはならずにすんだ。

芸能界というところは、本当にわからない。素人の僕だけでなく、当の芸能人たちにもわからないらしい。

春行でさえ、売れるのには時間がかかった。初めはモデルだったが、鳴かず飛ばずだった。しゃべりもいけることがわかって事務所が方針を変え、深夜番組に出て、彼はおもしろいと評価された。そしてゴールデンタイムの番組にも呼ばれるようになり、ドラマ『スキあらばキス』でドーンといった。そこで共演した百波と付き合ってもいる。まったくもって、わからない。春行自身も言うように、運も必要なのだろう。

「まあ、言うのは別にいいんだけど」と百波は続ける。「彼女、話をいいように変えちゃうのよね。わたしがそれをいやがったとか、自分が説得したとか。ソロでいきたいってゴネたのは自分なのに。あのときは、それでかなりもめたのよ。彼女の父親まで出てきちゃって。最後は、もう結構です、どこの事務所にでも行ってください、となったの。ほんとさ、よくわかんないよ。時間が経ってるから何を言ってもいいと思っちゃうのかな」

「時間が経ってると言っても、せいぜい五、六年でしょ?」

「五、六年なら大昔だろ」と、春行が好物のスパムおにぎりを食べながら言う。「今はもう、二、三年で昔だよ。二年前に何が流行ってたかなんて、誰も覚えてない」

「彼女と一緒に番組に呼ばれるようなことになったら、わたし、いやだな」

「そうなりそうだよな。いや。まちがいなく、なるな。話としてはおもしろいから」

「そしたらどうしよう」

「断りゃいいよ。お前が言わなくても、事務所が断んだろ。つーか、もう断ってんじゃねえか?」

「彼女、そういうことまで番組で言いそうじゃん。百波ちゃん、わたしと共演NGみたい、とか」

「言わせときゃいいよ。そういうやつは、すぐ消える。干されなくても消える」

春行にしては珍しい、辛辣《しんらつ》な断言だ。そういう人たちを、身近で何人も見てきているのかもしれない。

「ねぇ。もし影山ミルフィーユとの共演の話がきたら、どうする？　断る？」

「断らないよ。おれが断るのは変だろ」

「でもわたしとのことを話したんなら、事務所が断るんじゃない？」

「そこまではしないだろ。おれも頼まないよ。基本、NGとかはなしでいきたい。それをやりだすと、いろいろ面倒になりそうだしな」

「じゃあ、わたしもそうする。断らない」

「お前はいいだろ。当事者なんだから」

「でも、逃げたとか裏で手をまわしたとか思われるのはいやだもん」

ソファから立って台所に行き、冷蔵庫から新たなビールとチーズかまぼこを取りだして、戻ってきた。缶をクシッと開け、春行のグラスにビールを注ぐ。

「あ、そうそう。秋宏にこれ言わなきゃ。母ちゃんにカレシができたっぽい」

「は？」

「こないだ母ちゃんのアパートに行ったんだよ。そしたら、タバコの灰皿があった。そこに吸殻もあった」

「いや、それだけじゃわからないでしょ」

「いや、わかるだろ。母ちゃんはタバコ吸わないんだから」

「直接は訊かなかったの？」

「ああ。いきなりだったんで、おれもちょっとあせってさ。そういうのを見て、何これって言うのも、何だろ。母ちゃん、それとなく片づけたし」

でもそこで言わないのは、春行らしくない。父や母の前で、それぞれに、カレシカノジョいんの？　と訊けるのが春行なのだ。心底あせったのかもしれない。

「そもそも、何でいきなり行ったわけ？」

「またサインを頼まれててさ、ロケで近くまで来たから、空き時間に抜けだして、ササッと行ったんだよ」

母はよく春行にサインを頼む。会社の取引先の人たちに渡すらしい。私的も私的な営業ツールだ。春行ファンの中高大生を娘に持つ父親なら、大いに心をくすぐられるだろう。

僕自身は、未だに母のアパートを訪ねたことがない。春行が母の姓である伊沢を名乗り、僕が平本に残ったことも、微妙に影響しているかもしれない。それは書類上のことだと母は言い、実際そうだと思わないこともない。だがそこはやはり人間、あれこれ考えないわけにもいかない。

「まあ、カレシができてもおかしくはないよね」と、ビールを飲みながら、春行に言う。

「だよな。母ちゃん、五十二にしてはきれいだし」

「いや、そういう意味じゃなく」

「ん？　じゃ、どういう意味？」

「独身だからってこと」

「あぁ、そうな。それもそう。何してもいいんだもんな、もう」

「何してもっていうのは、ちょっとちがうと思うけど」

「何でよ」

「だって、ほら、僕らもいるし」

「おれらは関係ねえだろ。母ちゃんが何かしたら、秋宏、反対するか？」

「うーん」考えて、言う。「例えばタトゥーを入れようとしたら、反対するかな」

冗談のつもりでもなかったが、百波が笑う。

「何で母ちゃんがタトゥー入れんだよ」

「いや、例えばの話」

「じゃあ、例えば、母ちゃんが本気でタトゥーを入れようとしたとする。そしたら、お前、反対する?」

「うーん。もしかしたら、しないかも」

「おれも、たぶん、しない。何か意味があってやるんだろうと、そう思っちゃうよな」

「思っちゃうね」

「親父は反対するだろうな」

「うん。しそう」

「いや、しねえか。別れちゃってるわけだから。反対する権利はないって考えるよな。秋宏の血を継ぐ親父なら、まちがいなくそう考えるだろ」

「僕がお父さんの血を継いだんだよ。というか、春行だって継いでるじゃん」

「まあ、そうだ。秋宏も母ちゃんの血を継いでるしな」春行はグラスのビールをグビッと飲んで言う。「お前、タトゥー入れんなよ」

「何でそうなんのよ」とまたしても百波が笑う。

「けどそれはそれでカッコいいか。タトゥーが入った郵便配達員。民営化してもう公務員じゃねえんだから、いいんだろ？」だって、いやでしょ、郵便物を手渡されるときに手首にドクロのタトゥーがあったら」

「じゃあ、外国人みたいに漢字とか入れりゃいいじゃん。武士、とか、一世一代、とか」

「お母さんの話はどこ行ったのよ」と百波が流れを引き戻す。

「あぁ、そうだ。まあ、カレシができたっていいよな。そのカレシのために五十二でタトゥー入れる、とかはちょっといやだけど。いや、それもいいか」

「何でもいいいんじゃん」

「お前は反対してもいいぞ。タトゥー入りの義理の母がいやだったら」

一瞬、部屋の空気が固まる。百波の動きが止まり、僕の動きも止まる。

春行は、ビールを飲み、ポテトチップスを食べる。どした？という目で僕らを見て、気づく。

「あ、今の、プロポーズとかじゃないかんな。それはベタすぎだろ。まだ同棲を始めたばっかだし」

「もう。びっくりさせないでよ」

「マジでプロポーズだと思った？」

「そうは思わないけど」

「弟の前でプロポーズしないだろ。いや。報告の手間が省けるから、それもありといえばありか」

「なしでいいよ」と僕は言う。「そこは事後報告にして」

プロポーズではないにしても。春行はあえて言ったのだろう。きっと、そんなふうにして、少しずつ男女の距離は詰まっていくのだ。例えばたまきと僕は、まだそこまで詰まってない。僕が同じことを言ったら、それは冗談にならない。一瞬どころでなく、完全に固まってしまう。やはりカーサみつばに住まなくて正解だったかもしれない。距離をうまく詰めるには、ある程度の時間が必要なのだ。

と思ったら。

百波が言った。

「未佳《みか》とセトッチ、結婚するかもね」

「え?」とつい声を上げる。「そうなの?」

「まあ、わかんないけど。未佳が言ってた。セトッチ、秋宏くんの職場があるみつば辺りのマンションを借りようとしてるらしいよ。何ていったかな。ベイサイド」

「コート?」

「それ。ベイサイドコート」

セトッチは僕の友人で、未佳さんは百波の友人だ。セトッチと未佳さんは、去年、僕のアパートで初めて会った。そして、付き合った。二人は、春行と百波が同棲していることも知っている。僕以外で、いや、僕と春行の事務所以外でそれを知っているのは、その二人だけだ。

二人が付き合って、まだ一年にもならない。なのに、もう結婚を考えているのか。距離をうまく詰めるには、ある程度の時間が必要。でもないらしい。

＊　＊

四葉にはいくつか工場がある。昭和ライジング工業も、その一つだ。

そこそこ広い敷地のなかを、フォークリフトが走りまわっている。何をつくっているのかは知らない。太いパイプのようなものがあちこちに置かれているが、それが資材なのか製品なのかはわからない。半死半生のようになってしまった工場も、近くにはある。ここは生きた工場だ。活気に満ちていると言ってもいい。

会社や工場への配達は、大変なようで簡単だ。郵便物の量こそ多いが、手間はかからない。事務所の受付でまとめて渡し、代わりに差し出し分を受けとる。と、そんな具合。

昭和ライジングにも事務所があるが、決まった受付係がいるわけではない。こちらも配達の際、デスクワークをしている人をわざわざ呼んだりはしない。郵便です、と声をかけて、カウンターにその日の配達物を置き、差し出し分用の箱に入れられている郵便物を持っていく。それだけだ。

差し出し分用の箱は、お菓子の空き箱だったりする。例えば各種おせんべいが詰め合わされていた、大きめの金属製の箱。それがまたちょうどよかったりもする。

その昭和ライジングから局に問い合わせの電話がかかってきたのは、午後四時すぎ。配達員が皆帰局し、それぞれに、郵便物を転居先に送る転送や、差出人に返す還付の手続きをしていたときだ。

「四葉の昭和ライジング、今日行ったの誰？」と小松課長が言い、

「わたしです」と美郷さんが返事をする。

このところ、四葉の担当は、出勤している限り常に美郷さんだ。

「今、会社さんから電話で、配達担当者に何か訊きたいことがあるらしいんだ。ちょっと出てくれる？」

「はい」

美郷さんが区分棚を離れて課長席のほうへ行き、電話に出た。

仕事を続ける僕らの耳に、美郷さんの声だけが聞こえてくる。

「もしもし、お電話代わりました」「はい。筒井といいます」「今日はわたしが伺いました」

ちょっと不安になる。配達先からかかってくる電話。それが僕らにとっていいものである可能性は、ほとんどない。いやぁ、あなたの配達は素晴らしい。バイクの乗り降り、宛名確認、ムダのない動き、そして笑顔。すべてが高水準。感銘を受けました。などとおほめの電話がかかってくることは、絶対にない。かかってくるのは、八十パーセントが苦情だ。残る二十パーセントが、苦情まではいかない、質問。

「そうですね。箱に入っていた分を、持っていきました」「昼に一度局に戻りましたので、その分はもう、出てしまってますね」「いいえ。箱に入っていたもの以外はなかったように思いますが」「はい」「それはないと思います」「思いますではなくて、ないです。あれば声をおかけして確認したはずですし」「いえ、ですから」「そうですね」「もしあれでしたら、取戻し請求もできますが」「まあ、必ずとは」「ただ、大事なものであれば、していただいたほうが」「ええ」「それは無関係かと」

その後も、似たようなやりとりがくり返された。時間にして、およそ二十分。短いようで、長い。

最後に丁寧なあいさつをして電話を切ると、美郷さんは小松課長に事情を説明した。聞こえてきた電話の声で内容は何となくわかっていたが、まさにそのとおりだった。

昭和ライジングの事務所内、受付カウンターの隅に置かれている差し出し分用の箱。そのわきに、差し出すべきでない郵便物が、あちらの説明によればあくまでも一時的に、置かれていた。それが紛失した。一緒に持っていってしまったのではないかと、美郷さんが疑われた。

美郷さんの電話対応の声が落ちついていたのであまり感じられなかったが。相手はかなり激していたようだ。話しているうちに興奮し、あんたが持ってったとしか考えられないんだよ、と言ったという。そもそも何で女の配達員なのよ、とまで言ったという。

それは無関係かと、が、それへの美郷さんの返事だったのだろう。たぶん。

四葉の通区の際、もちろん、この昭和ライジングにも行った。そのときに一応、これからしばらくはこの筒井が伺いますので、と、美郷さんを事務所の人たちに紹介した。だから余計にそう思われたのかもしれない。そういえば配達員はまだ新しい人だから、と。

新しい人ではあるが、美郷さんは新人ではない。だがあちらもそこまでは知らない。知っていたとしても、疑うだろう。でもこの辺りの配達は初めてなんでしょ？　と。

考えてみた。

郵便です、とその日の配達物を受付カウンターに置く。差し出し分用の箱に入っていた郵便物を手にとる。そのとき、例えば切手も貼られた封筒がすぐわきに置かれていたら。それは持っていってしまうだろう。ただ単に箱に入れられなかっただけ。箱に入れるつもりでわきに置いただけ。そう思ってしまうだろう。

その程度のことは、記憶にも残らない。午前中にそんなことがあったとして、それを帰局後の夕方に訊かれても、答えられない。記憶に残ってないのだから、なかったはず、としか言えない。絶対にありませんでした、と言いきることが自分の仕事に責任を持つということではない。決して、ない。

が。

「わたしは言いきれるよ」と美郷さんは言う。「あそこのカウンター、かなり雑然としてるじゃない。郵便物以外にも、書類やら何やらが置かれてたり。だから気をつけてるの。あの箱に入ってたもの以外は絶対に持っていかない。差し出し分ぽいものでも、箱の外にあれば、絶対に訊く。確認する」

なかったように思います、と電話で言ったのは、過去のことをこうだと断言はできないからだという。確かに、なかったと決めつけてしまうと、頑《かたく》なな感じになる。敵対する感じになる。

電話対応に限ったことではない。美郷さんの仕事は丁寧で、細やかだ。それは局内での作業を見ていればわかる。転送先が書かれたシールをななめに貼ったりはしないし、扱者としての自身の印鑑をななめに捺したりもしない。バイクの運行記録表に書く文字もとてもきれいだ。どんなに急いでいるときでも、僕らのように、ミミズのたくり文字を紙面に這わせたりはしない。

だがそれでもなおキビしいことを言うのが谷さんだ。

「箱から持ってくときは、『持っていきます』って声をかけろよ」

「かけましたよ」と美郷さんが応じる。同い歳の僕にはタメ語だが、四つ上の谷さんには敬語だ。

「デカい声をかけろよ」

「かけましたよ」

「誰彼かまわずかけろよ」

「だからかけてますよ」

美郷さんにだからそう言うのではない。谷さんは誰にでもそんな感じだ。ただ、美郷さんに言う場合、女性を軽視しているようにとられるのではないかと、見ていてひやひやする。そこは慎重になりましょうよ、と言いたくなる。アホかよ、と一蹴されそうなので、言わないけど。

この日は、勤務後に美郷さんの歓迎会が開かれることになっている。そんな日だというのに、勤務が終わる直前に、ちょっといやなことがあったわけだ。

だが美郷さんに気にした様子はなかった。あー、やっとビールが飲める、とうれしそうに言っただけだ。

歓迎会は、JRみつば駅前にある居酒屋で行われる。料理はおいしいがちょっとおしゃれでちょっと高い蜜葉屋ではなく、その隣にあるチェーン店のほう。この手の歓送迎会は、たいていそちらになる。普段の飲みも、役付きクラスは蜜葉屋へ行き、僕らクラスはチェーン店に行く。そんな棲み分けもできている。

いつもなら、歓迎会はもっと遅い時期に開かれる。ある程度時間が経ってからのほうが、親しい仲間もできていて、そんな場所でも寛げるからだ。

今回は、小松課長の意向で、早めの開催になった。歓迎会もやってくれないのかと思われてはマズいと、過剰に配慮したのだろう。そのあたりは課長も、美郷さんの女性の部分を変に意識したわけだ。

会の幹事は、よく言えば最年少、悪く言えば下っ端の早坂くんが務めた。各人の予定を聞いてまわったり、店に予約の電話を入れてコースの料理や料金を確認したりと、あれこれ忙しくしていた。

会は予定どおり、午後七時に始まった。参加者は、一班の全員と小松課長。計十一人。美郷さんとは同い歳、通区をしたのも僕。ということで、美郷さんの隣には僕が座った。場所は一応、個室。小上がりのような座敷だ。

乾杯の前に、美郷さんがあいさつをした。

「今日はお時間を割いてくれてありがとうございます。正直、やりにくいことや言いにくいこともあると思います。でも、言うべきことは言ってください。わたしも言います。四葉を担当させてもらってまだ十日ほどですが、早くもいろいろなことがありました。お客さんから飲みものを頂いたことは、早くも二度あります。高確率です。だからというわけではありませんが、早くもこの町が好きになりかけてます。たぶん、配達をするうちに、もっと好きになると思います。わたしは惚れっぽいので」

そのちょっと刺激的な言葉に皆が笑い、場が和んだ。とはいえ、惚れちゃって惚れちゃって、などと不用意なセクハラ発言をする者はいない。春行がここにいたら、しそうだが。

続いて。乾杯の音頭は課長がとった。

「筒井さん。みつば局へ、そして集配課へようこそ。この一班は精鋭ぞろいです。一匹狼がいたり有名人の弟がいたりと、バラエティに富んでいます。みんな、いい仲間です。頼り、頼られてください。ただし、僕のことは、なるべく頼らないようにしてください。僕を頼るということは、何かしら問題が起きたということなので。と、まあ、それは冗談として。とにかく期待してます。今日は食べて、飲みましょう。ではいいかな？　はい、乾杯！」

乾杯！　と声が上がり、あちこちでジョッキやグラスを当て合う音が鳴る。

美郷さんは、僕と、それから反対隣の早坂くんとジョッキをガチンと当てる。そして、ビールをゴクゴクと一気に半分ほど飲む。

「おぉ」と僕が言い、

「いきますねぇ」と早坂くんが言う。

「だって、配達のあとのビールはおいしいじゃない。それが待ってるからがんばれる、みたいなとこあるでしょ？」

座が落ちつくと、何人かが席を立ち、美郷さんに声をかけに来た。来ることは来たが、やはり女性だから遠慮したのか、隣に座って話しこむようなことはなかった。美郷さん自身がよその席をまわったりもしない。代わりに早坂くんがあちこちをまわり、幹事として見事に諸先輩のご機嫌を窺《うかが》っていた。

そんな具合なので、ほぼずっと、僕が美郷さんと話をすることになった。

「配達のあとのビールはおいしいんだけど、太っちゃわないか心配」と美郷さんが言い、

「全然太ってないよ」と僕が言う。

「努力してるもん。配達中、バイクを降りたら郵便受けまで走るようにしてる。たまに、わざと手前でバイクを降りて走ったりもするよ。だから、ほら、最初の担当区に四葉を希望したのは、そのためでもあるの。住宅地の配達だと、それができないでしょ？　離れたところにバイクを停めるにも限度があるし。人に見られちゃうし」

かつてこの局にいた伝説の人、木下大輔《きのしただいすけ》さんとは正反対だ。木下さんの配達は凄まじく速かった。一切のムダを省いていたからだ。バイクを降りなくてすむところでは降りなかった。可能な限り郵便受けにバイクを寄せ、シートに座ったまま配達した。どこにでもバイクで入りこみ、するりと出てきた。それらの積み重ねが、驚異の速さを生みだしていたのだ。

ではその反対を行く美郷さんの配達が遅いかと言うと。そんなことはない。帰局する

時間から判断して、普通だと思う。いや、むしろ速いほうか。なのに手前でバイクを停めているとすれば。全速力に近い感じで走っているのだろう。ちょっと見てみたい。

そこまで努力しているわりに、美郷さんはあっけなくつまみの唐揚げを食べる。コロッケも食べる。マヨネーズもかける。ソースもかける。

「わたしね、小学生のときまではすごく太ってたの。懸垂なんか一回もできないし、腕立て伏せも一回もできない。五十メートル走は十秒かかるし、幅跳びは二メートルも跳べない。ほかにも、ほら、三段跳びってあるでしょ？　あれに関しては、できない。試しにやってみたことがあるの。密かに。三回やって、三回転んだかな。バランス、保てない保てない」

「あれは、太ってなくても難しいよね。一歩めと二歩めが同じ足、なんだっけ？」

「そう。だからやり慣れてないとつんのめっちゃうの。肝心の三歩めでゴロンといっちゃう。あ、それで思いだした。そのゴロンといったところを、男子に見られたことがあんのよ。密かにやったっていうのは、放課後に校庭で、なのね。それをクラスの男子に見られてたの。その子、見たときは何も言わなかったのに、次の日、教室で大暴露。『あのブタが一人で転がってたよ』って」

「そんな言い方したの？」

「した。ひどいよね。サイチのヤロー」

「サイチ」

「うん。漢字で書くと、才能の才に知能の知。残念なことに、才知はかけらもなし。そのちょっと前にね、関西から転校してきてたの。ほら、向こうの人って、デブのことをブタって言ったりするじゃない。それがすごくキツく聞こえたわけ。まだ小学生だったし、しかも一応、女子だし。まあ、才知にしてみたら普通のことだったんだけど」

「でも、みんなに言わなくても」

「小学生の男子だから、言っちゃうんだね。転校してきたばかりでなめられたくないとか、早く周りに溶けこみたいとかっていうのもあったろうし。才知自身、関西弁丸出しで、かなり浮いてたから」

「で、言いふらされて、どうしたの？」

「殴り合った。大ゲンカ」

「口ゲンカじゃなく？」

「じゃなく。殴り合い。わたしも泣いたけど、才知のことも泣かせた。わたし、そのころは体重があったから、一発一発が効いたんだろうね」

「で、どうなったの？」

「仲直りしたよ、次の日にはもう。男子とはいえ、いつまでも話さないのはいやだからさ、自分から謝った。昨日はごめんて。そしたら、才知が言うのよ。『先に言わんといてや。おれも謝るつもりやったんやから』」

自分から謝る。かつての僕と同じだ。

「でね、その場で解説しだしたの。向こうではデブをブタって言うだけだって。『そやから筒井のことほんまにブタや思うたわけやないよ』。笑っちゃった。ブタだとは思ってなくてもデブって言っちゃってんじゃん、と思って。でも今では一番仲がいいよ。男女合わせても、才知が一番かな」

「付き合った、とか？」

「まさか。そういうんじゃないよ。恋愛対象ではない。友だち」

「あぁ」

「と言いながら、実は告白されたこともあんの」

「で？」

「断った。そしたらね、才知、あっけなくほかの子と結婚しちゃってんの。ふっきれたとか言って。ふっきれ方がおかしいっていうのよ」

「それでもやっぱり、今も一番仲がいいわけ？」

「そう。友だちとして付き合ってる。奥さんのことも知ってるし」

そんなことを、美郷さんはあっさり言う。言われた僕は、ただこう言うしかない。

「へぇ」

美郷さんのジョッキが空く。尋ねる。

「何飲む？」

「ビール」

「ほかのを頼んでもいいみたいよ。サワーとか、カクテルとか」

「ビールがいい」

というわけで、通路側、谷さんの隣にいた早坂くん経由でビールのお代わりをもらう。ついでに自分の分ももらう。

一分で届けられたそれを二口飲んで、美郷さんは言う。

「仲直りといえばね、タカヤくんも仲直りしたって言ってたよ」

「今井貴哉くん？」

「そう。通区のときに聞いちゃった話が気になって。こないだ、土曜日に会ったから、訊いたの。『鶴田くんとどうした？』って。『謝って、遊んだ』って言ってた」

「貴哉くん、話したんだ？」

「うん。だって、わたしが訊いちゃったから。答えないわけにもいかないでしょ」

一年でだいぶ変わったとはいえ、まだまだ人見知りの気がある貴哉くん。春行似の顔というわかりやすい武器がある僕にでさえ、慣れてくれるのに時間がかかったが。もう慣れてしまったのか。恐るべし、美郷さん。

ちょっと興味が湧いたので、つい訊いてしまう。

「美郷さんは、何で局員になったの？」

「何、その質問。次は、『趣味は何？』とか、『好きな映画は何？』とかくる？」

「いや。趣味と映画はいいよ。まあ、何で局員になったのかも、いいことはいいんだけど」

「いいんかい」と笑いつつ、美郷さんは答えてくれる。「簡単に言えば、なじみがあったからかな。お父さんもね、局員だったの。外務員。ずっと配達」

「そうなんだ」

「ただ、だからわたしもそうなったってわけでもない。子どものころは考えもしなかったよ。太ってたし、女が郵便配達をやるって感覚もなかったから」

「お父さんは、今も局？」

「死んじゃった。十年前に、肺がんで」

「あぁ。ごめん」

ううん、と首を横に振って、美郷さんは言う。

「そりゃそうなるよって思う。タバコ、一日三箱とか吸ってたからね」

「十年前だと、まだ若かったってことだよね？」

「でも五十五だったよ」

五十五。今の僕の父と同じだ。

「わたし、遅くなってからの子だから。妹は、お父さんどころかお母さんまで四十代のときにできた子だし」

「妹さんがいるんだね」

「うん」

美宇《みう》さん、だそうだ。

「やっぱり局員だったりする？」

「しない。美宇はね、すごいよ」

僕が見て充分すごいと思う美郷さんがすごいと言う美宇さん。

「もしかして、競艇の選手とか？」

「そういうんじゃない。理系の大学を出て、外資系の企業で研究みたいなことやってる。

バイオナントカの研究。わたしとは真逆。『ほんとにおれの子か?』ってお父さんも言ってたよ。太ってもいなかったしね」

「十年前に亡くなったってことはさ、お父さん、美郷さんが局員になったことを知らないんだ?」

「知らない。知ってても別に喜ばないよ。『何でお前、女なのに配達やってんだ』とか言いそう」

「でも、なったんだね、局員に」

「うん。なっちゃった感じだね。ほら、十六でお父さんが死んで、大学とか言ってらんなくなったから。行くにしても、二人は無理。なら美宇だなと。そう考えたら、あとは早かったよ。郵便局は公社になる前で、わたしが高三のときが、どうにか間口が広い最後の年だったし」

「そうそう。その意味で、僕らはツイてたよね」

「わたし、そのころはもうそんなに太ってなかったけど、また太りたくなかったから、動く仕事がよかったしね」

「動く仕事」

「ご飯をおいしく食べられる仕事ね。動いたから気兼ねなく食べちゃっていい、みたいな。そこでは、お父さんが言ってたことを思いだしたよ。『一日配達したあとはメシがうめえんだ』っていうのを。ならいいかなって思った。バイクとはいえ、何度も乗り降りしてればそれなりにカロリーは消費するだろうし。だからってこうしてビール飲んでちゃいけないんだけど」

「お父さんも、お酒、よく飲んだの？」

「飲んだねぇ。タバコも吸って、お酒も飲んだ。毎晩缶ビール二本は飲んでたね。しかも五百ミリ缶。肺と肝臓で、肺のほうが先にきちゃっただけかも」

「美郷さんも、飲む？」

「休みの前の日は飲んじゃうね。タバコはやめたけど、ビールはやめられない」

「タバコも吸ってたんだ？」

「うん。お父さんがああなって、まさか吸うことはないだろうと思ってたけど、気がついたら吸ってた。というか、実はその前にもちょこちょこ吸ってたんだけどね。だって、ほら、何せ一日三箱だから、ウチにはタバコが売るほどあったし。わたし自身が、男子と殴り合うような女なわけだし」

「ヤンキーだったってこと？」

「そのあたりは、ご想像におまかせします」

「うーん。しちゃうなぁ、想像」

それを聞いて、美郷さんは笑った。そしてポテトフライをつまみ、ジョッキのビールをおいしそうに飲む。ジョッキ三杯めのビールをまだおいしそうに飲めたらその人は本物だ。と、これは僕の持論。

「平本くんてさ、品のある春行だよね」

「何？」

「貴哉くんがおじいちゃんにも話さないことをあれこれ話しちゃうの、わかるよ」

「どういうこと？」

「わたしまで、自分のことをベラベラしゃべっちゃってるじゃん。平本くんは単なるおしゃべりだと思ったかもしれないけど、わたし、仕事仲間にこんな話したことないよ。しかも会って十日の人に」

＊　＊

陸橋を上り、しばらく走って、私鉄の踏切を渡る。またもう少し走り、左へと曲がる。道がゆるやかにくねくねし、そのせいで、東西南北があやふやになり始める。木々の緑や土の茶色も増える。

四葉の配達は久しぶりだ。美郷さんが休みの日だけ、谷さんか僕が担当する。今日は谷さんも休みなので、僕。

みつばのような住宅地では、通りの左側の家、次は右側の家、また左の家、右の家、というまわり方はしない。左側なら左側を一気に片づける。わかりやすく言うと、ブロックの片側ごとに配達する感じだ。とにかく空走りが少なくなるよう、コースは設定される。

だが四葉のような区になると、道なりに、左、右、と行ったりする。家自体がそんなにはないからだ。

午前中の穏やかな陽を浴びながら、畑のあいだの道や林のなかの道を走り、各家をまわる。こんにちは〜、と言いながら窓を開けてハガキを室内に入れ、内側に受け箱のないドアポストに封書をそっと落としこむ。

そして昼すぎに四葉小学校へとたどり着く。

校門から入り、アスファルトと土の境のところでバイクを降りて、校庭側へと走る。そう。そこは僕も美郷さんのように、全速力に近い感じで走る。ヘルメットはあえてとらない。かぶったままだ。

職員室の前まで行き、外から窓をコンコンと叩く。カギはいつも開いているが、一応、ノックはする。気づいた先生の誰かが対応してくれる。こちらへ来て窓を開け、郵便物を受けとってくれる。

今日来てくれたのは、初めて見る人だ。女性。二十代後半ぐらい。

「こんにちは。郵便です」

「どうも。ご苦労さまです」

「今日は書留がありますので、ご印鑑お願いします」

「はい。ちょっと待ってくださいね」

女性がすぐに印鑑を持ってきてくれる。そして言う。

「失礼ですけど。あれですよね？　えーと、春行さんの」

「あぁ。はい」

「やっとお会いできました。ほかの先生にも筒井さんにも聞いてはいましたけど。似てますね。ほんとに春行。そのもの」

春行に似ていると言われることは、よくある。年に五十回はある。いや。五十回だと週イチだから、百回。週二。もちろん、弟だということを自ら明かしたりはしない。

だが今年の一月に、ここで栗田先生には明かした。児童たちに春行似を気づかれ、ちょっとした騒ぎになってしまったからだ。なので、この学校の先生はおそらくほとんどが知っている。そうであってくれたほうがいい。また児童たちが集まってきたときに、対処してもらいやすいから。僕自身、気づかれないようヘルメットはとらないことにしているが、それでも気づかれるときは気づかれる。児童たちは、文字どおりの意味で、距離を詰めるのがうまいのだ。

「筒井さんが言ってましたよ。『わたしが休みの日にいずれ来ますから、楽しみにしててください』って。楽しみにしてました」

「いえ、あの、それほどのものでは」

「わたし、栗田先生の後任なんですよ。席も引き継いだので、すぐそこ。だから郵便物はわたしが受けとることが多くなると思います。よろしくお願いします」

「こちらこそ、よろしくお願いします」そして書留を渡しながら、言う。「えーと、鳥《とり》越《ごえ》先生、ですか」

「え？　どうして」

「えーと、ご印鑑のお名前が」

「あ、そうか。鳥越サチコです。幸せな子で、幸子」

「栗田先生の後任ということは、もしかして、今井貴哉くんの」

「担任です。クラスも栗田先生から引き継ぎました。今井くんのこと、ご存じなんですか?」

「はい。配達で、お世話になってます」

「あとで話してみますよ」

「あ、いえ、そこまでは。僕が庭で休憩させてもらうとか、缶コーヒーも頂くとか、要するにお世話になりっぱなしだというだけなので」

「あぁ、そうなんですか」

「はい。で、えーと、しばらくは筒井が伺うことになると思いますが、たまには僕も伺いますので。では失礼します」

「どうも」

軽く一礼して、走りだす。ヘルメットを左手で押さえ、速度を上げる。

昼休み。校庭では、たくさんの児童たちが遊んでいる。ドッジボールをする男子たちがいる。ただ立ち話をする女子たちもいる。何人かがこちらを見ている。このところ来ていた女性配達員ではないな、というくらいのことは思っているかもしれない。

こんなとき、手を振られたら振り返すことにしている。今日は振られない。が、何となく、自分から振ってみる。二、三人が振り返してくれる。

どこかに貴哉くんもいるだろうか。僕には気づかなくていい。ただ。鶴田くんと遊んでくれてたらいいな、と思う。

＊　＊

バイクに乗って四葉小を出ると、また少し配達をしてから、私鉄の四葉駅前にあるバー『ソーアン』でお昼を食べた。

昔のロックを流すバー。営業は夜がメインだが、おととしからはランチ営業もするようになった。初めはサンドウィッチだけだったが、最近ではアボカドを挟んだハンバーガーなんかも出すようになっている。マスターである吉野《よしの》草安《そうあん》さんが言っていた。あれこれ試してみるのが結構楽しくてさ。今度、夜のメニューにも加えようと思ってるよ。

夜にも、僕は店を訪れることがある。みつば局員としてではなく、バーのお客として。たまきと。

その『ソーアン』を出て、配達を再開する。

午後はかなり気温が上がったので、今年初めて防寒着を脱いだ。防寒着は軽い素材でできているが、脱げばさらに身軽になる。耐えられはする程度の肌寒さが心地いい。冬は本当に終わりだ。これから梅雨入りするまでは、配達日和が続く。

そして午後三時前。僕は昭和ライジング工業に差しかかる。美郷さんの歓迎会の日に局に問い合わせの電話をかけてきた、あの昭和ライジングだ。

美郷さんは午前中に配達したと言っていた。昼は局に戻るからだ。毎日同時刻に郵便物を届けるのが理想だが、まあ、これはしかたない。日によって量の多い少ないはあるし、ぎりぎりの人員でやりくりしているこちらの事情もあるから、ポストの取集のように時刻を決めてしまうわけにはいかない。決めたら決めたで、何故あそこは午前でウチは午後なのだ、といった苦情も出るだろう。

美郷さんが対応した電話の内容を思い返しつつ、事務所に入る。

「こんにちは、郵便です」と、誰にということもなく声をかける。

「どうも〜」と、デスクワークをしていた女性が反応してくれる。

カウンターの上はきれいだ。いつになく片づいている。あの件をきっかけに、そうするようになったのかもしれない。

そのカウンターに、大小合わせて十通ほどの配達物を置く。次いで、差し出し分用の箱に入れられた同じく十通ほどの郵便物を手にとる。箱に入れられてないあやしげな郵便物は、ない。

「じゃ、お預かりします」

「は〜い」

事務所を出て、静かにドアを閉める。

駐めたバイクのもとへ戻ろうとすると、十メートルほど右に行った先の喫煙所、というか吸殻入れが置かれただけの喫煙コーナー、に一人でいた大滝《おおたき》さんに声をかけられた。

「お、郵便屋さん、久しぶりじゃん」

「あ、どうも」

「最近、あの女の人ばっかかだもんね」

「ですね。配達は、続けてやらないと、番地とか覚えられないんで」

「そうだろうなぁ。十軒二十軒じゃないもんね」

「ええ」

「ちょっと休んでいきなよ」

「えーと、それじゃあ」

ということで、そちらへ移動する。

「タバコは？」

「吸わないです」

「そうなの？　じゃあ、何か悪いね」

「いえ」

「ジュースぐらいおごるよ。そこの自販機で、百円で買えんだわ。福利厚生の一環とかで。ならタダにしてよって話なんだけど」

大滝さんが作業ズボンのポケットから小銭を出そうとする。

「あ、いいですいいです。自分で買います」

そう言って、自販機のところへ行き、缶コーヒーを買う。いつも飲む銘柄ではないが、微糖。暖かくなったとはいえ、まだホット。

そして大滝さんのところへ戻り、缶をコキッと開けて、一口飲む。

大滝さんは、おそらく四十前後。背は高くない。がっちりした体格の人だ。たまに事務所にいることもあるが、外でフォークリフトに乗っていることのほうが多い。

そんな大滝さんと僕が何故こんなふうに話をするようになっているかと言うと。

大滝さんが運転するフォークリフトとぶつかりそうになったことがあるからだ。いや、ぶつかりそうになったのではない。あれはもう、ぶつかっていた。

工場の敷地内を僕がバイクで走っていると、左の倉庫から大滝さんのフォークリフトがいきなり出てきた。ただの車ではない。いわば鋼鉄のバッファロー。二本の角が前に突き出ている。

うわっと思った。死ぬ、とまでは思わなかったが、大ケガをすることは覚悟した。

大滝さんはブレーキをかけた。僕は、ブレーキをかけるのではなく、よけるほうを選んだ。その選択がよかった。ガツッという軽い衝撃はきたが、バイクは倒れなかった。ふらつきはしたものの、数メートル行ったところで、僕は足を着いて停まった。

体が震えてはいたが、痛みはなかった。衝撃があったのは足もとだ。とはいえ、バイクに一目でわかるような損傷もない。片方の角の先端がどこかをかすめただけですんだらしい。あぶなかった。足首のあたりを直撃していた可能性もあったのだ。

停めたフォークリフトからあわてて降りてきた大滝さんは、もう、平謝りだった。だいじょうぶ？　ケガない？　ごめんごめん。急いでたもんで。ほんと、申し訳ない。

僕は僕で、恐縮した。工場の敷地内、つまり私有地ということもあって、ちょっとスピードを出していた。さらに言えば、気を抜いてもいた。安全への意識がおろそかになっていたのだ。住宅地とちがって子どもの飛び出しはないから安心、というわけで。

あの、もしあれなら、事故として会社に報告するけど。大滝さんがそう言ったので、僕はこう返した。あ、いやいや。だいじょうぶです。何ともないですから。ほんとに。

大滝さんは、明らかにほっとした顔になった。僕も同じだったと思う。

それから、大滝さんとは、顔を合わせるたびにあいさつをするようになり、こうして話もするようになった。一つまちがえていれば加害者と被害者になっていた二人。奇妙な縁ではある。

「いやぁ、彼女、すごいね」と大滝さんは言う。横を向いているのは、タバコの煙が僕に向かわないようにするためだ。

「彼女」

「いや、君の同僚よ。配達員さん」

「あぁ、筒井ですか。えーと、何か」

「あれ、聞いてない？」

「ええ」

「何だ。同じ局員さんにも言ってないのか。じゃあ、おれなんかが言っちゃマズいのかな」

それは何とも言えないので、黙っていた。大滝さんに委ねた形だ。

「ま、いいか」大滝さんはあっけなく言う。「知られて困ることじゃないもんね」

「はぁ」

「二週間ぐらい前かな。郡司《ぐんじ》さんが、お宅の局に電話をかけたのよ。まだ出しちゃいけない郵便物を持っていかれたんじゃないかって」

「その話なら知ってます。電話を頂いたとこまでですけど」

郡司さんというのは、この昭和ライジングの部長さんだ。社長と専務と部長と課長がいるなかでの部長。実際にナントカ部があるわけではなく、あくまでも序列を示す肩書きとしての部長。

「大事な請求書だったんだけどさ、切手を貼って封をしてから、額がまちがってたことに気づいたらしいんだわ。パソコンのデータのほうを見て。ケタ一つまちがえてたとかいうなら冗談ですむんだけど、何かおかしなまちがい方だったみたいでね。数字をごまかして金を余計にとろうとしたと思われかねないような、変に生々しい額になっちゃってたんだと」

よくはわからないが、そういうこともあるのだろう。

「でも、まあ、気づいたからよかったんだ。ただ、郡司さんがその封筒を持ってウロウロしてるとこへ電話がかかってきちゃってさ。別件は別件なんだけど、それはそれでまたちょっとヤバそうなトラブルで、郡司さん、三十分以上も話しこんだんだわ。で、電話はとりあえず切り上げて。さらにほかの仕事もいくつかして。午後になって、あれっ、あの封筒どうした？　となったんだ。そんで、大騒ぎ。どこ探してもなくてさ。電話を受けたのが事務所の玄関でだったんで、確かカウンターに置いた、なんて話になって」

「あぁ。それで、配達に来たウチの者がと」

「そう。『もういらないからシュレッダーにかけたんじゃないですか？』っておれは言ったんだけど、郡司さんは、『切手貼ってんのにそんなことするか！』って」

「まあ、そうですよね。それは、もったいない」

「けど郡司さん、かなり天然だからね。五十を過ぎて、その天然ぶりに磨きがかかってるし」

「結局、どうなったんですか？　封筒は」

「出てきたのよ。しかも郡司さんの机の引出しから」

「あらら」

「参るよね。自分の机の引出しをちゃんと確認してないんだから。たぶんさ、電話で話をしながら、無意識に突っこんだんだよ。だから、忘れてたっていうより、初めから覚えてなかったんだな。だとしても、きちんと探せよって話だけどね」

「ご自分でおっしゃったんですか？　封筒が出てきたって」

「いや。請求書を出すはずだった取引先の会社さんに連絡しといたほうがいいんじゃないですかって課長に言われて、ぽろっと言ったのよ。『封筒、あった』って。とんだ一人相撲《ひとりずもう》だよね。とはいえさ、まあ、ウチとしては、よかったよかったになったわけ」

「それは、ほんと、よかったですね」

「けど、局さんにしてみれば、よくないよね。証拠もなしに疑われたわけだから。で、あの人、えーと、筒井さん？」

「はい」

「彼女も気にかけてくれてたらしくてさ。何日かして、訊いてきたんだよ。『あれ、だいじょうぶでした？』って。ウチのほうも、きちんと説明してなかったんだね。正直、会社的にはみっともないことじゃん。わざわざ言わなくていい、となっちゃったのかな。でもその日はたまたま事務所に郡司さんもいて、『あれ解決したから』って言ったんだ。おれも事務所のパソコンで見積もりを打ってたから聞いてたけど、何ていうか、あんまりいい言い方じゃなかったよね。その一言で終わりにしようとしたっていうか、ごまかそうとしたっていうか。そしたらさ、彼女がさらに訊いたんだ。『どう解決したんですか？』って」

「あぁ。そうですか」

「郡司さんもそうこられるとは思ってなかったんだろうなぁ。ちょっと口ごもって、言ったよ。『机の引出しにあった』って。おれも事務の子もいたから、さすがにうそはつけなかったんだね。それでも、自分の机の引出しにあったとは言わなかったけど。で、彼女は言ったねぇ。『じゃあ、それは、謝ってもらえますか?』」

「ほんとですか?」

「ほんと。勢いに押されて、郡司さん、謝ったよ。『あぁ。ごめん』て。何だろう、彼女、決して高圧的じゃなかったけど、威厳があったよね。いっそ清々しかったよ。謝った郡司さん自身も、気分がよかったんじゃないかな」

「それで、筒井は」

「『見つかってよかったです。ほっとしました。これからも郵便をお願いします』って言って、出ていった。カッコよかったね。きっぷがいいって言葉を、久しぶりにつかいたくなったよ。そのあと郡司さんがさ、『ねぇ、大滝くん。郵便局に電話して謝ったほうがいいかな?』って言うんで、『そこまではしなくていいと思いますよ』っておれは言ったんだけど。いいかな?」

「いいと思います。筒井も、そんなことは望んでないでしょうし」

「だよね。おれもそう思うよ」

「何かすいません、驚かせちゃって」

「いやいや。謝るのはこっちだよ。すいませんね、フォークリフトではねそうになったり、濡れ衣を着せたりして」

「いえいえ。筒井と同じこと言っちゃいますけど。これからも郵便をよろしくお願いします」

「こちらこそ。何かごめんね、おれの休憩に付き合わせちゃって」

「いえ」まだ缶に半分ほど残っていた微糖のコーヒーを一気に飲み干して、僕は言う。

「では失礼します」

自販機のわきにあるごみ箱に缶を捨て、バイクのもとへ向かった。

大滝さんが言う。

「今なら安全だよ。おれがフォークリフトに乗ってないから」

笑った。お義理にでなく。

バイクに乗り、昭和ライジングの敷地を出ると、残りの配達にかかった。

四葉のくねくね道を走りながら、自分だったら、と考えてみる。

自分だったら。謝ってもらえますか？　とは言わなかっただろう。

でも。

それは言っていいのだと思う。それを言わないことがお客さんのことを第一に考えるということではない。言うべきかどうかはわからない。言わなくてもいい。ただ、言ってもいいのだと思う。そこは否定したくない。
僕なら言わない。たぶん、言えないだけだ。
美郷さんは、言える。
そのちがいは大きい。

濡れない雨はない

みつば第二公園とみつば第三公園のちがいを言える人は少ない。住宅地にある児童公園らしく、その二つは規模も設備もよく似ている。どちらも大して広くない。ブランコとすべり台、それとベンチがある。

はっきりしたちがいは一つ。鉄棒があるかないかだ。第二にはない。第三にはある。と、僕はちがいを言える。みつば第三公園で休憩するときは、いつもその鉄棒で逆上がりと前まわりを三セットやるからだ。

配達区のみつば一区は一丁目と二丁目、主に戸建てがあるほう。みつば二区は三丁目と四丁目、主にマンションがあるほう。みつば第三公園は二区、マンション区にある。

遊具が少ないせいか、実際に遊んでいる子どもも少ない。住宅地にあるせいか、休んでいる大人も少ない。ゆえに、郵便配達員が短い休憩をとりやすい。というか、緑も茶色もあふれる四葉なんかとちがい、みつば二区にはそこくらいしか休めるところがない。

そんなわけで、今日も後ろへ前へとまわっていた。逆上がりで鉄棒に身を乗せ、前まわりで地面へと下りる。そしてもう一度、逆上がり、前まわり。さらにもう一度、逆上がり、前まわり。三セット。計六回転。難易度は少しも高くないが、続けてやると、少し息がはずむ。やった感が味わえる。

最後の前まわりを終え、スタンと着地。一人、やった感を味わおうとしたら、目の前に人がいた。公園をただ突っきるだけと思われた男性が、そこで立ち止まっていたのだ。

見た目から判断して、二十歳前後。僕もその人が来ることに気づいていた。だからといってやめるのも変なので、続けた。無視して通りすぎてくれるだろうと思っていた。くれなかった。

「郵便屋さん、ですよね？」

「はい」

「ウチにも来てくれる人ですか？」

「ウチと言いますと」

「グリーンハイツです。四丁目の、南団地の横にある」

「はいはい。グリーンハイツ」

「わかります？」

「ええ」

わかる。みつば南団地の横にある、グリーンハイツ。グリーンではないし、ハイツでもない。建物が緑色ではないし、高台にもない。おそらくはワンルームタイプ。若々しい、の意味でグリーンを用いているのだろう。グリーンボーイ、のグリーンだ。

「配達、してますよ。今日もこれから伺います」

「あ、そうですか」

「ええ。で、何か」

「ぼくは、そのグリーンハイツ一〇二の荻野《おぎの》っていいます」

「はい。荻野さん」

「『はい』って。もしかして、わかるんですか?」

「ええ。お名前はわかります。お会いするのは、初めてですよね?」

「初めてです」

だと思う。この歳の人たちには書留などがあまり来ないから、顔を合わせる機会も少ないのだ。

「例えば下の名前まで、わかったりします?」

「えーと、タケミチさん、ですか? 柔道とか剣道とかの武道、その漢字で武道さん」

「わっ、スゲえ。ほんとにわかるんですね。配達先の人は、全員わかるんですか?」

「いえ、そういうわけでは。荻野さんは、漢字の読みがわからなかったので、前々から気にかけてたんですよ。だから覚えてました」

「この字だと、たいていタケミチですよね？」

「だとは思いますけど。ムドウさん、ブドウさん、ひょっとしたらタケドウさん。可能性はいろいろありますからね。僕が決めちゃうわけにはいかないです」

「あぁ、なるほど」

「だからよかったです、こうして確認ができて」

胸の高さの鉄棒を挟んで向き合いながら、荻野武道さんとそんなことを話した。何となく失礼かと思い、鉄棒を握っていた両手を放し、下ろす。

「今、仕事中ですか？」

「休憩中、ですね」

さすがにこの状態で仕事中とは言えない。

「ちょっと話してもいいですか？　というか、もう話しちゃってますけど」

「いいですよ。どうぞ」

「あの、郵便屋さんて、どうですか？」

「どうですかというのは、えーと、どういう」

「仕事としてってことなんですけど。どうですか？　楽しいですか？」

「楽しいか、ですか。うーん」

「楽しくないですか？」

「いえ。楽しくないことはないです」

こういう質問は困る。何せアバウトすぎる。スポーツ中継なんかの試合後のインタヴューを見ていても、よく思う。いやぁ、後半二十分、見事なゴールでした。どうですか？　言われた選手に代わって言ってあげたい。質問の焦点を、もうちょっと絞ってもらえるとたすかります。

「ぼくは今、大学の二年で、来年にはもう就職活動の準備をしなきゃいけないんですよ。毎日スーツを着て会社をまわってる四年の先輩は、何かすごく大変そうで。こないだ話したときも、『お前、早いうちから考えといたほうがいいぞ』って言われたんですよね。『少なくとも何がしたいかくらいは考えとけよ』って。で、考えてみたんですけど。正直、自分でも、何がしたいかよくわかんないんですよ。業種とか言う前に、まず会社のこと自体、まったくわかんないし」

恥ずかしながら、僕もよくわからない。だから、ちょっとごまかしにかかる。

「それは、みんなそうなんじゃないですかね」

「そうですけど。でも、いずれは何かしら決めなきゃいけないじゃないですか。せめて楽しそうなのがいいと思うんですけど。じゃあ、何が楽しいのかって考えると、さっぱりで。そしたらちょうど郵便屋さんがいたから、あ、そうだ、訊いてみよう、と。何ていうか、楽しそうに見えたんで」

配達をしているはずの郵便屋が鉄棒でクルクルまわっているのが楽しそうに見えたわけだ。まったくもって、恥ずかしい。

「で、どうですか？」

「どうなんでしょうね。楽しいこともあるし、大変なこともある。と、ありきたりなことしか言えませんけど。どの仕事も、たぶん、そうですよね」

「やっぱそうなんですかね」

「それはそうだと思います」

「郵便屋さんは、大学を出て、ですか？」

「いえ。高卒ですよ」

「専門学校とかでもなく？」

「ええ」

「じゃあ、今のぼくよりも若かったってことですよね？　就職したとき」

「そうですね」

「何で郵便屋さんになったんですか？」

きた。さらに困らされる質問だ。

昔からなりたかったんですよ。ちがう。楽しそうに見えたんですよ。ちがう。楽しそうのしを省いて。楽そうに見えたんですよ。ちがう。

一つ歳上の春行が大学入試に落ちて、浪人生活がてらモデルのアルバイトを始めた。そしていつの間にか勉強よりもそちらに本腰を入れるようになった。僕までもが入試に落ちて、モデルはできないまでも何らかのアルバイトを始め、兄弟二人してわけのわからないことになったらマズいな、とあせった。

そんなときに、郵便局が公社化すると採用の基準が少しキビしくなることを知った。ならいっそ就職してしまえ。採用試験を受けてしまえ。そう思った。なじみはあったのだ。中二のときに職場体験学習に行かせてもらったので。

ただ、深く考えて決めたわけではなかった。サッカー選手になりたい。宇宙飛行士になりたい。そういうのとはちがっていた。実感に近いところで言えば。やはり、何となく、だ。マズい。いよいよ恥ずかしい。

「父親が空手の師範なんですよ」

「はい？」

「実家が空手の道場をやってて、父親が師範なんですよ」

「あぁ、そうなんですか」

「だから子どものころ、ぼくも空手をやらされました。どうにも性に合わなくて、結局やめちゃいましたけど」

正直に言わせてもらえば。荻野さんは体が細く、とても空手をやっていたようには見えない。もっと正直に言わせてもらえば。やらされて、結局やめてしまったというのがとてもしっくりくる。

「痛いんですよ、空手。拳を顔に当てたりはしませんけど、胸とか腹を突いたり、足を蹴ったりはするんで」

「打たれることで、骨や筋肉が強くなるんでしょうからね」

「父親、ムチャクチャキビしいし」

「ご自身のお子さんに甘くするわけにも、いかないでしょうからね」

「でもやめるときは案外あっさりでした。絶対にやめさせないとか、言われるかと思ったんですけど。それから、何かやめちゃうんですよね、ぼく」

「やめちゃう」

「はい。中学ではバスケ部に入ったけどやめちゃいましたし、高校では軽音楽部に入ったけどやめちゃいました。大学のテニスサークルは、ほとんど縛りがないんで、どうにか続いてますけど。そもそもが、出ても出なくてもいいようなもんなんで。でも、就職したら、そうはいかないですもんね」

「いかない、ですね」

「これも先輩が言ってましたけど。せっかく苦労して就職しても、三年以内に三割がやめちゃうらしいですよね。このままだと、ぼくはまちがいなくその三割に入るような気がするんですよ。だから、情報収集のために、最近こうやって、訊ける人にはあれこれ訊くようにしてます」

訊ける人。喜んでいいかわからない。配達中でも気軽に声をかけられる郵便屋、ということならうれしいが、配達の手を止めてクルクルまわっている郵便屋、ということであれば微妙だ。

「配達って、やっぱ大変ですよね？　寒い日も雨の日もあるだろうし」

「今日みたいに晴れてくれれば気持ちいいですよ。といっても、梅雨が明けたら、一気に暑くなっちゃうんですけど。ただ、一度外に出れば、自分のペースでできますよ。といっても、終わりの時間は決まってるので、ゆっくりできるわけではないですけど」

いいことばかりは言えない。だから、どうしてもこんな感じになる。

「一人っていうのは、確かにいいですよね。他人にペースを乱されないっていうのは。今考えると、バスケ部も軽音楽部も、それでいやになっちゃったようなとこがあるんですよ。バスケはチームだし、軽音もバンド組んだりで、何か自由にやれない感じもあって。まあ、それを言ったら空手は一人なんですけど」

「そういうことなら」と、僕は出会ったばかりの荻野武道さんに言う。「試してみたらどうですか？」

「試す？」

「ええ。配達のアルバイトさん、募集してますから」

単なる思いつきだが、悪くない。いや、いいかもしれない。局はアルバイトさんを募集している。荻野さんは、就職へとつながる何かを探している。だったら、試してみればいい。局にとっても荻野さんにとっても、悪い話ではないと思う。僕にしては、むしろ上々の思いつきだろう。配達は、空手ほど痛くない。バイクで転んだりすれば別だけど。

「車の免許は、お持ちですか？」

「はい。とりました。それは一年生のうちにとっちゃおうと思って」

「バイクに乗ったことは、あります?」

「原付なら。ああいう配達用みたいなのには、乗ったことないです」

「すぐに慣れると思います。もしよかったら、僕が上に話してみますよ」

「ほんとですか?」

「ええ。あとで履歴書は出してもらうことになりますけど」

「去年は教習所に通ってたんで、バイト自体、したことないんですけど。だいじょうぶですかね」

「だいじょうぶ、と無責任なことは言えませんけど、みんな、初めは初心者ですからね。何にでも、最初はありますよ」

「じゃあ、やってみようかな。頼んじゃって、いいですか?」

「いいも何も、こちらからお願いしたいくらいですよ」

「かけてみるもんですね、声」

やってみるもんだな、鉄棒。

もし僕がただ配達をしていただけなら、荻野さんは声をかけてくれなかったかもしれない。楽しそうに見えなかったから、ではなく、あまりにも日常の風景すぎて、目に留まらなかったから。

というわけで、荻野さんは荻野くんになった。配達区に住む受取人から配達人そのものになり、僕らの仕事仲間になった。みつば第三公園で会った日の帰局後に、僕が小松課長に事情を話し、簡単な面接を経て、すぐに採用が決まった。

＊　＊

その翌日の朝礼で、課長は言った。

「一班の平本くんが、アルバイトさんを一人見つけてきてくれました。もちろん、局として募集をかけてはいますが、ご存じのとおり、決して楽な仕事ではないので、人はなかなか集まりません。しかも、今月末でまた一人減の予定です。皆さんも、配達途中での積極的な声かけをお願いします」

僕のあれを積極的な声かけとはとても言えないが。まあ、結果オーライ。棚からぼた餅だ。言ってみれば、鉄棒が棚。あんな細い棚に、よく載ってたな。ぼた餅。

必然的な流れで、荻野くんの通区は僕が担当した。自分が住んでるところよりはそっちのほうが、ということで、配達区はみつば一区。マンション区ではない。戸建て区。通区は早坂くんでもいいんじゃないかと思ったが、そこは平本だろ、と谷さんが言った。ぼくもそう思います、と早坂くんも乗っかった。確かに平本くんの通区はわかりやすいよ、と何故か美郷さんまでもが乗っかった。

荻野くんの通区は慎重におこなった。職場体験学習で局を訪れる中学生を相手にするときのように慎重に、丁寧にだ。中学生には、三日間、主に配達を見てもらうだけ。試しにやってもらうこともあるが、ずっと僕がついている。でもアルバイトさんはちがう。三日の通区を終えたら、翌日からは一人でまわってもらわなければならない。

しかも、荻野くんはまったくの初心者。心身にかかる負担は大きい。ただでさえ乗り慣れないバイク。でもって、配達。僕も覚えがある。転ばないよう、そして配達をまちがわないよう、常に気を張っていなければならないのだ。一日まわっただけで、体のあちこちが突っぱる。

配達するお宅一軒ごとにあれこれ言われても覚えられないよなぁ、と思いつつも、伝えるべきことはすべて荻野くんに伝えた。それを三日続けた。

とにかく安全だけは注意ね。自分をも含めた人の安全が最優先。それだけは何度も言った。出発前にも言ったし、帰局後にも言った。何なら、荻野くんが局からグリーンハイツに帰ったあともケータイに電話をかけてもう一度言いたいくらいだった。時間がかかってもいいから、宛名確認はしっかりね。郵便受けに入れるかどうか迷ったら、入れずに持ち戻って。いいや、入れちゃえ、はなしね。

一人で配達に出た最初の日、荻野くんは配達区の半分もまわれなかった。そして二十通近く持ち戻った。

もちろん、それでよかった。初めから予想してもいた。後半は僕が手伝いに行ったし、持ち戻り分で、入れてもかまわないものは、荻野くんと二人、手分けして入れてまわった。

「いやぁ、キツいです。初めの五分で、終わるわけないと思いました」と、荻野くんは素直な感想を洩らした。「これで雨が降ったらどうすればいいんですか?」

「どうもしない。雨ガッパを着て、同じことをやるだけだよ」そして僕は続けた。「残念なお知らせだけど。明日はさっそく雨予報だよ」

「えぇっ。マジですか? それ、空手の正拳を顔面にもらうよりキツいんじゃないですか?」

「もらったことがないからわからないけど。それよりはキツくないと思うよ。また手伝うからさ、やれるとこまでやってみようよ。路面が滑るから、転ばないように気をつける。明日はそれ重視でいこう」

「いけますかねぇ」

そんなか細い声を出す荻野くんに、横から谷さんが言う。

「転びたくねえだろ？　だったら自分で気をつけるしかねえんだよ。平本がついてたって、転ぶ直前にお前の下に滑りこんだりはできねえぞ」

雨予報が当たった翌日。荻野くんがまわれたのは、全体の三分の一だった。持ち戻りは、およそ三十通。増えていた。でも転びはしなかったようなので、そこをほめた。

「これ、もしかしたら顔面への正拳よりキツいかもしんないです」と荻野くんは言った。もう無理です、できません、になるのではないかとちょっと心配したが、荻野くんは次の日も出勤してくれた。そして雨にも負けず、というか大いにグチはこぼしながらもどうにか負けず、少しずつ、一日にこなせる分量を増やしていった。お前、遅ぇなぁ、と谷さんには言われていたが、そんなことはないと思う。配達が上達する速度には個人差がある。が、時間が経てばそこに意味はなくなる。誰もがある程度はやれるようになる。

そして七月も下旬。いよいよ梅雨が明け、ドカンと夏が来た。梅雨の蒸し蒸し感は残り、空だけがカ～ッと晴れる。それはそれでキツいが、雨にくらべればまだましだ。荻野くんが乗りきってくれてよかった。初めにぶつかったのが冬の雨なら、こうはいかなかったかもしれない。配達初心者に冬の雨。その二つの相性は最悪なので。

去年の早坂くんは、何かわからないことがあれば、ケータイで僕に訊いてきた。問題はなるべくその場で解決したい。いいことだ。郵便物を持ち戻るということは、要するに配達が一日遅れてしまうということだから。

荻野くんは、そこまではしてこない。そこまでしろとは、僕も言わない。何でも訊いてね、とは言うが、絶対訊いてね、とは言わない。社員ならともかく、アルバイトさんに個人のケータイを仕事でつかわせてはいけないという気持ちが、やはりどこかにあるからだ。

初めて荻野くんからケータイに電話がかかってきたのは、八月に入ってすぐ。夏真っ盛りの暑い日だった。

「あ、平本さん。ぼくです。荻野です」

「おつかれ。どうした?」

「犬に嚙まれました」

「ほんとに?　だいじょうぶ?」

「はい」

「どこ嚙まれた?」

「手です。ちょっと血が出てます」

「場所はどこ？」

「えーと、二丁目の宇佐美《うさみ》さんのとこです。いきなりで、あせりました」

「あの黒い犬だね」

「はい」

「荻野くんは、今どこにいる？」

「外です、宇佐美さんの家の」

「じゃあ、近くに公園があるよね。みつば第二公園。水道の水で、嚙まれたとこを洗っといて。今行くから」

「はい」

「じゃ、そういうことで」

電話を切ると、すぐにみつば第二公園へ向かった。今日はお隣のみつば二区、マンション区の担当なので、時間は五分もかからない。

そして三分で公園に着くと。水道の蛇口のところに荻野くんがしゃがんでいるのが見えた。出入口でバイクを降り、エンジンを止めて、引いていく。

「どう？　痛む？」

「いえ、そんなには」

「噛まれて血が出たんなら、病院に行こう。課長には僕が言うから」

「でも配達は」

「あとはやるよ」

「何も言われないですかね」

「ん？」

「特に谷さんに」

「あぁ。そんなのは気にしなくていいよ。でも、そうかぁ。あの犬、噛むかぁ。ごめん。噛むとは思ってなかったから、通区のときもスルーした。鎖、郵便受けのとこまで届いちゃうんだね。宇佐美さんに言わなきゃいけないけど、いつもいないんだよなぁ」

「あ、言わなくていいですよ」

「いや。噛まれたんなら、一応、言わないと。鎖をもっと短くしてもらわなきゃいけないから」

「でも、僕が撫でただけなんで」

「え、そうなの？」

「はい。犬小屋のとこまで行って、撫でました」

「いきなりであせったって、言わなかったっけ」

「撫でてたらいきなりだったんで」

「何だ、そういうことか。自分から寄っていったわけだ」

「まあ、はい」

「うーん。そうか。そうすると、あれだなぁ。宇佐美さんには、何も言えないなぁ」

「犬を見ると、撫でたくなりますよね？　ぼくも昔実家で飼ってたんで、どうしても触りたくなっちゃうんですよ。で、ウチのはあごの下をコリコリしてやると喜んだんで、同じことをしたんですけど、そしたらいきなりガブリと」

「そのいきなりだったか」

「はい」

「先に言っとけばよかったけどね。そういうことだと、やっぱり飼主さんの責任は問えないんだよ」

「わかります。だから、あの、病院も、いいですよ」

「いや、それは行こう。事故は事故だし、万が一、ばい菌が入ったりするといけないから。そこは遠慮しなくていいよ」

　ということで、小松課長に電話をかけ、事情を説明した。課長の判断も、僕と同じだった。病院に行ってもらって。そこから直行してもらって。

同行までする必要はなさそうなので、三丁目のみつば外科クリニックには、荻野くんに一人で行ってもらった。

みつば一区の残りの配達は、谷さんと僕で分け合った。谷さんは一区すべてをまわれるわけではないが、時にこうして補助に入ることもあるので、コースの最後の一時間分あたりはやれるのだ。こんなときの気合が入った谷さんは、伝説の人木下さんに負けないぐらい、速い。木下さんの持続力はないが、抜群の瞬発力を見せる。

自身の持ち分であるみつば二区と、一区の補助分、その配達を終え、どうにか三十分程度の遅れで局に戻ると、一足先に戻った谷さんと荻野くんがいた。

荻野くんの傷は、消毒し、薬を塗っただけ。縫ったりはしないですんだという。今後の通院の必要もなし。

「配達、すいませんでした」

荻野くんが僕にそう言うと、谷さんが荻野くんに言った。

「お前さ、嚙む犬か嚙まない犬かくらいは見極めろよ。というか、よっぽどのことをしない限り、あいつ、嚙まないだろ。黒くて見かけは荒そうだけど、仕掛けられなきゃ何もしねえよ」

「ぼくはただコリコリしただけですよ」

「だからする前に見極めろっつうんだよ」

とにかく、無事で何よりだ。僕だって、配達の途中で犬の頭を撫でてしまうことがある。確かに、横でおとなしくしてくれていると、ついつい撫でたくなるのだ。そういうことが、案外気休めになる。ちょっとした楽しみにもなる。

今回、荻野くんがよくなかったのは、わざわざ犬に寄っていってしまったことだ。宇佐美さん宅の場合、郵便受けは玄関のわきにあるから、犬小屋のほうへ行かなくても配達はできる。つまり、配達とは無関係に庭をウロついた、ととられてもおかしくはないのだ。

そんなようなことを、僕が荻野くんに話した。犬を撫でてもらって怒る飼主はいないですよ、と荻野くんは言ったが、でも気をつけます、とも言った。

犬を撫でてもらって怒る飼主はいない。そのとおり。だが。配達員が犬を撫でて噛まれると。犬を撫でるのが配達員の仕事ですか？　撫でてくださいとこちらが頼みましたか？　になってしまう。そしてまちがいなく、その言い分は正しい。

痛みもなく、動けないこともなかったので、荻野くんは翌日から配達に復帰した。それから二週間、アルバイトを始めてからということでは一月半で、独り立ちもしてくれた。みつば一区の配達を、初めから終わりまで一人でこなすようになってくれた。

一人で一区をつぶせる。計算できる。これはとても大きなことだ。荻野くんは今、大学二年生。先に就職活動が控えているにしても、あと一年近くアルバイトを続けてくれるだろう。しかも今は大学も夏休み。週五でフルに入れる。それには班の誰もが喜んだ。小松課長も喜んだ。

が、隙はまだあった。慣れてきたことで、少し気がゆるんでしまったのかもしれない。荻野くん自身も。安全について、前ほどはうるさく言わなくなった僕らも。

八月の終わり。残暑の真っ只中といったころ。また僕のケータイに荻野くんから電話がかかってきた。

「あ、平本さん。ぼくです。荻野です」

「おつかれ。どうした?」

「転んじゃいました」

「ほんとに?　だいじょうぶ?」

「はい」

「どこで転んだ?」

「えーと、みつば高の裏、ちょっと坂になってるとこです」

「はいはい。あそこね」

区画整理された住宅地のみつばで唯一と言ってもいい、舗装《ほそう》されてない道だ。過去にも何人かが雨の日に転んでいる。舗装されてないくらいだから、付近に家はない。単なる抜け道だ。だからこそ、時間を節約するために通ってしまう。

「今、そこ?」

「いえ、交番です」

「え?」

「みつば駅前交番」

「何で?」

「えーと、いろいろあって」

「もしかして、事故?」

「あ、いえ。そういうような事故ではないです」

そこで電話の相手が代わった。

「もしもし。みつば駅前交番の池上《いけがみ》です。えーと、わかるかな。君は、あれだよね?いつも郵便を届けてくれてる、春行似の人だよね?」

みつば駅前交番の池上さん。声としゃべり方でわかった。三十前後のお巡りさんだ。あちらはバイクでのパトロール中、こちらはバイクでの配達中に道ですれちがうこともある。その際は軽い会釈《えしゃく》を交わす。

「いつもお世話になってます。で、えーと、荻野くんは、どうしたんでしょう」

「バイクで転んじゃったのよ。僕の目の前で。肘をペロンとすりむいてたから、消毒しときなってことで、連れてきたわけ」

「そういうことですか。人との事故じゃなくて、よかったです」

そして電話にはまた荻野くんが出てくる。

「すいません。だから一応、報告しとこうと思って。配達がちょっと遅れます、と」

「了解。じゃあ、僕が引き継ぐよ。駅前交番だよね？　そこにいて。すぐ行く」

今日は美郷さんも出勤しているが、僕は四葉をまわっている。美郷さんは早くも自身の二区め、みつば二区を担当するようになっているからだ。

まだ少し四葉での配達が残っていたが、とりあえずみつば駅前交番へと向かう。四葉から、陸橋を下り、みつばへ。

駅前交番には、十分ほどで着いた。交番の前には、お巡りさんのバイクと郵便屋のバイクが仲よく並んでいる。見た感じ、後者に大した損傷はない。左のステップがいくらか上向きになっているくらい。これならすぐに直るだろう。

ガラスドアを開けて交番に入る。池上さんはカウンターの内側のイス、荻野くんは外側のパイプイスに座っていた。まずは池上さんに声をかける。

「すいません。ご迷惑をおかけしました」

次いで荻野くんに。

「だいじょうぶね？」

「はい。大きめの絆創膏《ばんそうこう》をもらいました」

「あせったよ」と池上さんが言う。「バイクが急に出てきて、しかも転ぶから」

「ぼくもあせりました」と荻野くん。「目の前にバイクが停まってて、しかもお巡りさんが乗ってるから」

聞けば。荻野くんが坂を下って左折した先に、池上さんのバイクが停まっていた。それをよけようとして転んだという。

「こっちも悪かったと言いたいところなんだけど」と池上さんが補足説明する。「僕は完全に停まってたからね。どうしようもなかったよ」

その道は決して広くない。当然のことながら、池上さんは左に寄せて停まっていた。左折してきた荻野くんが、自身の右側へとふくらみ過ぎたのだ。

そこで、奥からもう一人、お巡りさんが出てきた。こちらは四十代半ばぐらい。中塚《なかつか》さんという人だ。

どうもと頭を下げた僕に、中塚さんは軽く手を挙げる。

「兄ちゃんさ」とこれは荻野くんに言う。「角を曲がってそこに誰かがいるたびにすっ転んでたら、きりねえぞ。そのたびに迎えにこさされるんじゃ、春行も仕事になんないだろ」

春行。僕のことだ。兄の春行本人のことではなく。

三年ほど前だったか。配達中に道で拾ったクレジットカードをこのみつば駅前交番に届けたことがある。そのときに対応してくれたのが、この中塚さんだ。

クレジットカードは、悪用された場合でも、届を出すなどしてきちんと処理すれば補償はされるはずだから、落とした人も大あわてはしないだろう。だが少しはあせる。

僕自身、気づいてしまったからには見なかったふりをするわけにもいかないので、クレジットカードを届けた。

現金でもないし、別に謝礼とか出ないからね。と、中塚さんに言われた。謝礼のことなど考えてもいなかったので、さすがに驚いた。そんな言い方をしなくてもなぁ、と、つい思ってしまった。初めてだと少しとっつきにくい人かもしれない。

で、この中塚さん、今は僕のことをストレートに春行と呼ぶ。本物の弟であることは知らずに。ただ顔が似てるから。クレジットカードを届けたあとも何度か郵便物を手渡ししていたら、そうなった。おぅ、春行。ごくろうさん。おぅ、春行。バイク気をつけてな。おれもだけど。

話してみれば、悪い人ではなかった。悪い人では困るのだ。お巡りさんだし。接しているうちに、わかってきた。たぶん、お巡りさんに、ある種のとっつきにくさは必要なのだ。親しみやすいお巡りさん、と言えば聞こえはいいが、親しみやすさを甘さととらえ、つけこむ人もいる。つけこみやすいお巡りさん、であっていいはずがない。同じ制服組。僕ら郵便屋は親しみやすさを前面に押し出してもいいが、お巡りさんはそれだけではいけない。

今日の分の郵便物を荻野くんの配達カバンから取りだして池上さんに渡し、あらためてお礼を言って、みつば駅前交番を出た。

午後三時すぎ。時間はあまりない。

「配達に戻りますよ」と荻野くんが言うので、残りの分を分け合って、別れた。

木下さんや谷さんの上級スピード配達を意識しつつその分をさばき、四葉へと戻る。急ぐあまり僕自身が事故を起こしたら意味ないな、と思い、そこでは一転、慎重に配達をこなした。

帰局したのは午後四時四十分。荻野くんはすでに戻っており、小松課長への報告をすませていた。僕が転送と還付の手続きをするあいだに、背後で、自身が転んだ状況を谷さんや美郷さんに説明する。

「角を曲がって、あっと思ったあと、さらに、うわっと思ったんですよ。いきなり警官が現れると、やっぱあせるじゃないですか」

「何でよ」と美郷さんが言う。「あんた、ただ配達してるだけじゃない」

「いやぁ、それでもあせりませんか？　だいじょうぶだよな、何もしてないよなって、思っちゃいますよ」

「お前」とこれは谷さん。「郵便配達のついでに危険ドラッグの宅配とかもやってねえだろうな」

「やってませんよ」

「バイトの裏でもバイト、時給は二重どり、とかやめろよ」

「だからやってませんて」

「よりにもよって警官に突っこむって、お前、テロリストかよ」

「警官だから突っこんだわけじゃないですよ。実際、突っこまなかったし」

「犬の次は警官。その次は何だよ。ただでさえつかえねえんだから、ほどほどにしてくれよな」

冗談であることはわかる。荻野くんにもわかるだろう。ただ、ちょっとキツいな、と思った。これが谷さんだと言ってしまえばそれまでだが。

谷さんは、家庭の事情から、かなりキビしい環境で育ったらしい。親類に預けられ、二人は養えないということで、妹の秋乃《あきの》さんと引き離されたりもした。働くようになった今は、その秋乃さんと二人で暮らしている。

口は悪い。とても悪い。美郷さんの歓迎会のときに課長が言っていた、一匹狼。それも当たっている。だが人を見捨てたりはしない。お前の配達は遅いと言いながらも、手伝ってくれる。必ずたすけてくれる。見えないところでも、それをやってくれる。

そんなようなことを、僕は知っている。だが多くの人たちが知らない。だから誤解される。口が悪いことだけが目立ってしまうのだ。谷さん自身はそういうことをまったく気にしない。少しはすればいいのに、しない。時々、見ていてもどかしくなる。ちがうんですよ。谷さんはそういう人じゃないんですよ。と、周りの人たちにでなく、谷さん本人に言いたくなる。

だから今日も、それとなく言ってしまう。ちょっとズルいやり方で。

仕事を終えたあと。谷さん、コーヒー飲んでいきましょうよ、と自分から声をかけ、休憩所に誘った。谷さんと二人でお酒を飲みに行ったことはない。残念ながら、僕らはそこまで近くない。だがこのくらいはする。

休憩所で一緒にいるのは、いつもせいぜい十分。その十分のうちにということで。テーブル席に向き合って座り、同じ銘柄の微糖の缶コーヒーを飲みながら、僕はバッグから取りだしたものをさっそく谷さんに差しだした。

「秋乃さんに、これ、どうぞ」

「あ?」

「何なら谷さんも行ってください。二枚あるんで」

谷さんが受けとり、眺める。映画『リナとレオ』の前売り券だ。発売されたばかり。タダで春行にもらった。あの秋乃さんて人にやれよ、とわざわざ送ってきてくれたのだ。たまきや僕の分と合わせて。

「あぁ。そういや、あいつ、言ってたな。春行が映画やるって」

「これのことだと思います」

秋乃さんは、春行のファンだ。テレビの出演番組は欠かさず見てくれているという。去年、サインをあげた。僕が春行に頼み、書いてもらったのだ。秋乃さんへ、の文字と、ハートとじゃんけんのチョキを並べた、ラヴ・アンド・ピースのマーク付きで。かなり喜んでくれたと聞いている。

だから今回もと思った。もともとあげるつもりではいたのだ。だがせっかくなので、ちょっと利用させてもらうことにした。

「公開は十一月。なのにまだ完成してねえよって、春行が言ってました。おれも観てないって」

「これ、くれんのか？」

「はい」

「何で？」

「いや、何でってこともないですけど」

ないですけど。少し間を置いて、言う。

「ただ、あの、『つかえねえ』は、やめましょうよ」

「は？」

「アルバイトさんに、言うのは」

「荻野？」

「まあ、荻野くんだけじゃなく」

谷さんが、僕を見て、また前売り券を見る。見るだけ。何も言わない。

「いちいち丁寧な言葉づかいで話したりする必要はないですけど、『つかえねえ』はやめましょう。つかえない人なんて、たぶん、いないですよ」

「いるだろ」

「人それぞれ、能力に差があるのは確かだと思います。人が二人いたら差は必ずあるものだとも思います。例えば僕は配達で谷さんにはかないませんし。でもやっぱり、つかえない人なんていませんよ。そこは、何ていうか、つかう側がうまくつかっていきましょうよ。僕もそうだったからわかります。習ったものを自分のものにするのに、多少時間がかかるんですよ。その段階でつかえないって言われたら、もう、やりようがないです。だからそこは待ちましょうよ」

「犬に警官。二ヵ月で二度。ちょっと多いだろ」

「犬はともかく、今日のはしかたないですよ。事故にもなってないし」

「けど、結局、平本が割を食ってる。あいつは、手伝ってもらって当たり前だと思ってる」

「当たり前じゃないですか。僕らは社員だし」

「コースを外れまくるおれが言うのも何だけど。あいつが通ってた道、配達コースじゃねえんだろ？」

「そう、ですね」

「ちがう道を通んのは別にいい。ただ、通るんなら自分の責任で通れ、絶対にそこで事故は起こすなってことだよ。そういうことを、平本はあいつに教えてねえだろ」

「はい」

「教える必要はねえんだよ。コースどおりにまわれって教えときゃいいんだし。だから平本は悪くない。指示に従わなかった荻野が悪い。けど、いい悪いじゃなく、こんなことも起こるってことだ」

谷さんが缶コーヒーを飲む。僕も飲む。微糖。甘くはない。だが甘さが、さらにもう少し控えめでもいい。

「それが交換条件なのか?」と訊かれる。「その『つかえねえ』を言わないってのが」

「というつもりでもないですけど」と答える。「そうとってもらってもかまいません。というか、そうとってもらえるとむしろありがたいです」

「じゃあ、言わねえよ。券、ほしいしな」

「甘い話には、罠《わな》があるもんですよ」

「自分でその罠を明かすなよ。罠は隠せ」と谷さんが笑う。去年の十月に谷さんが異動してきてしばらくは、見ることがなかった笑みだ。

「平本さ」

「はい?」

「お前って、マジで甘いよな」

「そう、なんですかね」言い直す。「そう、なんでしょうね」

「悪い意味で言ってるわけじゃねえよ。ちょっとはいい意味でも言ってる。ただ、世の中は、そんなに甘くねえだろ」

谷さんに言われると、重い。そうなんだと思う。世の中は、確かに甘くない。もしかすると、微糖ですらない。限りなく無糖に近い。

「じゃ、帰るか」

「はい」

今日も十分ほどであっさり席を立ち、休憩所を出た。そしてJRみつば駅までは一緒に歩き、改札を通ったところで、谷さんと別れた。谷さんは下り、僕は上り。乗る電車がちがうのだ。

先に来た上り電車に乗っているときに、ふと、働くことについて考えた。何故だろう。荻野くんを局のアルバイトに誘ってからは、そのふとが増えている。

自分は役に立ててるのかな、局に儲けをもたらせてるのかな、と思う。

同じ郵便局でも、これが貯金や保険の営業ならわかりやすい。自らお客さん宅を訪ね、商品を売ることができれば、儲けを出せたと感じられるだろう。僕自身、年賀ハガキを顔なじみのお客さんにまとめて買ってもらえたときはそう感じる。だが僕の仕事のメインは営業ではない。配達だ。

配達だって、誰かがやらなければならない。仕事として必要だということはわかる。お客さんが切手代やハガキ代として払ってくれたそのお金が僕らの賃金になるのだから、理屈としては儲けを出せているのだということもわかる。でもその循環の規模があまりにも大きすぎて、正直、実感はない。切手代やハガキ代。額は小さいのに、話としては大きいのだ。何せ、舞台が日本全国だから。

僕は郵便配達員。有体に言えば、大した給料をもらっているわけではない。周りには、これじゃやっていけないよ、とこぼす人もいる。もっとほしいな、と僕自身思う。

それでも、一年にすれば百万単位にもなるお金をもらっている。後半ではなく、前半のほうの、何百万。給料、というよりは、お金、ということで考えると、結構な額だ。その額に見合うだけのことを、僕はしてるだろうか。

別に自分を卑下《ひげ》するつもりはない。木下さんや谷さんより配達が遅いからといって、自分がつかえないとも思わない。単純に、僕一人にそれだけの額を出せる仕組みがわからないのだ。

まあ、それを言ったら。春行は僕の比ではない。テレビのバラエティ番組に出まくり、ドラマでは主演、映画でも主演。いったいいくらもらってるんだ、春行。

実際にいくらと言われても、たぶん、驚かない。所詮はよその世界の話だからだ。一億、などと具体的に言われたら驚くだろうが、それは金額そのものに対する驚きであって、春行がその額をもらうことへの驚きではない。

でも僕への何百万は、やはり驚いてしまう。周りの人たちに合わせて、給料安いですよね、などと言いつつも、たまにはそんなことを考えてしまう。で、考えた末、何らかの答ではなく、この質問に行き着くのだ。

働くって、何？

＊　＊

九月になっても、まだ暑い。暦《こよみ》のうえではもう秋です、とニュースなどではよく言うが、そんな暦なら変えるべきだろ、とこれは僕ではなく、谷さんがそう言っている。

屋外で仕事をする以上は避けられない。どうしても、顔だけは日焼けしてしまう。おでこにヘルメットのラインがくっきりついてしまう。

女でそれは致命的よ、と美郷さんは言う。だから前髪を下ろすようにしてんの。ただ、暑いんだ、これが。逆に、いっそのこと丸坊主にしちゃおうかと思うわよ。

逆に、の意味がわからなくて、笑った。わかるようで、わからない。でもわかる。

ともかく、暑い。残暑と言いだしてからが、長い。

この日は荻野くんが休みなので、僕がみつば一区を担当した。久しぶりだ。荻野くんがいなければ、早坂くんが入ることが多い。今や僕の出番は、月に一、二度しかない。

だから今年の夏はないだろうなぁ、と思いつつ、メゾンしおさいに差しかかった。戸建て区のなかにある、ワンルームのアパートだ。一階と二階に各三室、計六室。今日は一〇一号室と二〇二号室にだけ郵便物がある。

一階、二階の順に配達をすませて階段を駆け下り、駐めたバイクのもとへ向かう。背後でガチャリとドアが開く音がした。

「待った！」

言われたので、待った。立ち止まり、振り返る。

一〇三号室。片岡泉《かたおかいずみ》さんだ。

「やった。やっと会えた」

「えーと、今日は郵便物ないですけど」

「いいのいいの」

片足にしか履いてなかったサンダルをあらためて両足にきちんと履き、片岡泉さんは外に出てきた。手には二本のペットボトルを持っている。

今年の夏はないと思っていたものが、あったわけだ。ちょっと、いや、かなりうれしい。

「今年こそ異動したかと思った。早坂っちに訊いちゃったわよ。『わたしのダーリン、異動してないよね？』って」

「ダーリンて」

「よかった、会えて。はい、これ飲んで」

差しだされたペットボトルのお茶を、遠慮なく受けとる。ずしりと重い、五百ミリリットル入りだ。

「すいません。ありがとうございます」

「ねぇねぇ、去年言ったこと覚えてる？」

「というと」

「去年はコーラをあげたじゃない。そのときに、缶の飲みものをもらっても困るよねって話、したでしょ？　開けたら今ここで飲みきらなきゃいけないからって」

「しましたね」

「で、その前、おととしは、飲みものじゃなくて、アイスだったんだよね？」

「そうでした」

「そのときも言ったの。すぐにその場で食べきらなきゃいけないから、もらっても困るよねって。なのに去年はわたしがそれをすっかり忘れてて、缶コーラ。で、バカなわたしも、今年は覚えてた。だからペットボトル。目標達成」

「目標って」

「ほら、飲も飲も。座って座って」

いつものように、というか、ほぼ一年ぶりに、建物と駐車スペースのあいだにある段に並んで座る。これで三年連続だ。来年もこの段にこんなふうに座れてたらいい、と去年思ったことを思いだす。まさか本当にこうなるとは。

「わたしはまたコーラでいいかと思ったんだけどさ、せっかくだから同じのを飲もうと思って、お茶にした」

「お気づかい、ありがとうございます」

「ウーロン茶のほうがよかった？」

「いえ。緑茶でよかったです」

一月に四葉小の職員室で温かいほうじ茶をごちそうになったときは、栗田先生に、そのほうじ茶が好きだと言った。家で母がよくほうじ茶を淹《い》れていたからと。だが冷たいのなら緑茶が好きだ。

「いただきます」と言って、キャップを開け、お茶を飲む。一口、二口、三口。冷たくてうまい。生き返る。

「でもこうやってついにペットボトルのお茶を出すことに成功しちゃったら、次に何を出せばいいかわかんないよ」

「またお茶でいいんじゃないですかね。別に変える必要はないわけだし。頂く僕自身が言うことじゃないですけど」

「そうか。そうだね。成功を、続ければいいのか」

「そう言うとカッコいいですね。成功を、続ける」

「お茶を出すだけなのにね」

「ええ」そして言う。「いや、ええ、なんて、それもやっぱり僕が言っちゃいけないですね。で、これはまたさらに言っちゃいけないんですけど。アイスでもコーラでもお茶でも、何を頂いてもうれしいですからね。そうであればそうでないよりは便利っていうだけで、持ち運べるペットボトルでなきゃ困るなんてことはないですし」

「それを今言わないでよ。せっかくペットボトルにしたんだから」

「そうですね。失礼しました」

「まあ、これからは何でも出すよ」

「いえ、あの、出してくれなくてもいいですよ。ほんとに」

「いやだ。出す。出したい。何が出てきても、もらってね」

「はい。じゃあ、そのときは、ありがたく頂きます」

「そのうち、わたしたち、ここでお弁当を食べるようになったりしてね。わたしの部屋のレンジでチンして、食べるのはここ。で、それがエスカレートして、じきに鍋とかやるようになんの」

「ついに冬ですか」

「そう。キムチ鍋とかモツ鍋から始まって、いずれはあんこう鍋に桜鍋」

「食べたことないですよ。あんこう鍋も桜鍋も」

「わたしも」

さらにお茶を飲む。五百ミリリットル。飲みでがある。

「何かすごいね。わたしたちが初めて会ったの、二年前だよ。わたし、まだ二十三歳。それが、二十五歳になっちゃった」

言いたいことは、何となくわかった。確かに、何かすごい。二年を経て、同じこの場所に、同じこの感じで座っているのだ。単なる配達人と受取人。お互いのことは、大して知らないのに。

その大して知らないなかでどうにか知っていることを、僕は質問として片岡泉さんにぶつけてみる。

「輝伸《てるのぶ》さんは、元気ですか?」

言ってから、あ、例えば別れてしまった可能性もあるのだな、と気づくが、幸い、答はこうだ。

「元気。四月から働いてるよ」

「商社でしたっけ」

「そう。何でも扱う大きい商社。ヘタすれば、海外勤務なんてこともあるみたい」

「ニューヨークとかロンドンとか、ですか?」

「それ以外にもアジアとか。上海にシンガポール。ほんとに海外になったらどうしよう。最低でも二年はいるらしいし」

「みんながみんな行くわけじゃないですよね?」

「ないけど。でも若いうちに一度は行くみたい。わたしもさ、ちょっと迷ってんのよね」

「そうなったら」思いきって、言ってみる。「一緒に行けばいいんじゃないですか?」

「それで迷ってんじゃないの」

「え?」

「わたし、ショップの店員だって言ったよね?」

「聞きました。去年、ここで」

「ショップって、服屋さんなのね。女性モノと男性モノ、どっちも扱うっていう。カジュアルで、そんなに高くはないっていう。で、店から、正社員にならないかって言われてるわけ」

「いい話、ですよね?」

「うん。いい話ではある。ただ、正社員になったら、いろいろ大変そうなの。今だってフルで入ってるから、時間的なことはそんなに変わらないけど、何ていうか、責任がね。お給料も大して変わらないのに、責任だけがグンと重くなる感じかな」

「安定は、しますよね?」

「安定。どうなんだろ。そこの正社員になることが安定って言えるのかどうか。言えるとして。その安定が、わたしにとっていいものなのかどうか。服を売る仕事自体は、好きなんだけどね。お客さんに合う服を見つけて、それを買ってもらえたときは、ほんとにうれしいし」

「だったら、悪くはないんじゃないですか？」

「でもね、それこそテルちんが海外に行くことになったとするでしょ？　そのとき、せっかく正社員になったのにやめていいのかとか、たぶん、考えちゃうのよ。会社にしてみれば、せっかく正社員にしたのにすぐやめるって何だよ、になるだろうし」

「それは、しかたないんじゃないですかね。状況は、変わりますよ」

「まあね。そもそも、テルちんがわたしを連れていきたいと思うかどうかもわかんないし。思わないなら、正社員になっといたほうがいいし。と、そんなふうにあれこれ考えちゃうわけ」

「なるほど」

僕にはない視点。女性は女性で、いや、片岡泉さんは片岡泉さんで、大変なのだ。人それぞれ事情がある。その事情によって、仕事というもののとらえ方も変わる。

何であれ。片岡泉さんは、木村《きむら》輝伸さんが海外勤務になったら一緒に行こうとは思っている。そこは揺るぎないわけだ。輝伸さんは、片岡泉さんより二歳下。主導権は、明らかに片岡泉さんが握っている。でも去年僕が見た限り、輝伸さんは片岡泉さんのことが好きだ。とても好きだ。

来年は、こうして片岡泉さんとここに並んで座ることはないのかもしれない。片岡泉さんに転居届を出されたら、さすがにちょっとさびしいだろうな。受取人さんに対して、初めてそんなことを思う。転居先は、ニューヨークかロンドンか。上海かシンガポールか。あ、でもあれだ。国外への郵便物の転送は、できないのか。そうなると、どうなるのかな。

「あの早坂っちは、正社員だよね?」

「ええ。僕と同じです」

「最近、また新しい子が入った?」

「入りました。今はその彼がこの辺りをまわることが多いです」

「その子は、バイトだよね?」

「はい」

「フリーター?」

「大学生ですね。二年生。二十歳です」

「いいなぁ、若くて」

「五歳しかちがいませんよ、片岡さんと」

「二十歳と二十五歳。この五歳は大きいよ」

「ですね。今言ってみて、そう思いました」

「いい五年だよね。たぶん、人生で一番いい五年でしょ。その五年を延々とくり返したいよ」

「それはそれで、ツラくないですか?」

「うーん。そうかぁ。ツラいかもね。二セットか三セットでもう充分、になっちゃうかな」

「一セットだからいいのかもしれません。一回きりだから」

「あ、さすが。いいこと言う。出たね。郵便屋さんの、今年のいい言葉。二十歳から二十五歳は一セットだからいい」

「何かわかりづらいですね」

「わたしがわかればいいよ」

「その前の、片岡さんの言葉のほうがいいですよ」

「ん?」

「いい五年。二十歳から二十五歳はいい五年。そのほうがシンプルで、しっくりきます」

「まあ、結局、あれなんだろうね。わたしみたいに、過ぎたときにいい五年だと思えたら、勝ちなんだろうね」

「あ、それもいいですね。いい五年と思えたら勝ち」

「そのバイトの子も、いい五年を過ごせるといいね」

「はい」

「過ごせると思うよ」

「はい？」

「だって、よさげな子じゃん。こないだね、部屋にいたらバイクの音が聞こえたから、郵便屋さんかと思って、ドアの覗き窓を見たわけ。そしたら郵便屋さんでも早坂っちでもなく、その子だったんだけど。何か、ドアの向こうでモゾモゾやってんのよ。人んちの前で何してんだろうと、ちょっと思ったのね。で、声が聞こえてきたの。『一〇三、片岡泉さん、オッケー』」

「声に出してましたか」

「うん。きちんとさん付けしてエラいなぁって思った。普通、そういうとこでしないよね、さん付け。『一〇三、片岡』とか、『二〇三、平本』とか言っちゃうよ。だって、ドアのすぐ内側に人がいて聞かれてるなんて思わないもん」

　そこは、僕も呼び捨てで言ってしまうかもしれない。いや、呼び捨てのつもりでもなく。そう。省略だ。いわゆる敬称略。

で、実を言うと。僕もその荻野くんの声を聞いたことがある。配達に同行してではない。片岡泉さん同様、受取人側として。ドアの内側でだ。

その日は休みで、前夜は同じみつば一区にあるアパート、カーサみつばのたまきの部屋に泊まっていた。そして午後までまったり過ごしていた。

そこへ、荻野くんが配達に来た。

自宅の実家にいるときはそんなことはないが、カーサみつばは配達区内、耳が自然とバイクの音を拾った。担当は早坂くんではなく、当時まだ一人で配達をするようになったばかりの荻野くん。やはり気にかけてはいたのだ。

とはいえ、玄関のドアを開けて顔を出すようなまねはしなかった。荻野くんも驚くだろうし、僕自身、たまきとの関係を明かしたくもない。だが片岡泉さんのように、ドアに近づきはした。覗き窓を見もした。荻野くんだいじょうぶかな、という程度の気持ちだった。

荻野くんは、そこでもモゾモゾしていた。そして、言った。

「えーと、二〇一、三好たまきさん。よし、オッケー」

きちんと宛名確認をしてくれていたことがわかり、ちょっとうれしかった。さん付けにまでは、思いが及ばなかった。でも確かに、していた。よく考えてみれば、エラい。

誰にでもできることではない。礼を重んじる空手の師範に育てられた荻野くんだからこそ、できるのかもしれない。

　僕が聞き、片岡泉さんも聞いた。たまたまではない。どこでもそうしていたと考えていいだろう。片岡泉さんと僕以外にも、その声を聞いた受取人さんはいたはずだ。悪い印象は持たなかったと思う。小さなことだが、大きい。儲けには換算できない部分だが、そういうことが、実はとても大きい。荻野くん、なかなかやる。

　自分も荻野くんの声を聞いたことを、片岡泉さんには言わなかった。言いたいところではあるが、言えない。何故って、このみつばで僕がドアの内側にいるのはおかしいから。

　お茶を一口飲んで、片岡泉さんが言う。

「おばあちゃんみたいなこと言っちゃうけどさ。何か、いろんなことが変わっていくよね」

「そうでなきゃ、いけないんでしょうね」

「そんななか、郵便屋さんがこうやって普通～にいてくれると、ほっとするよ」

「ずっと普通～にいられるんですかね」

「ん?　どういう意味?」

片岡泉さんに言うことではないよなぁ、と思いつつ、言ってしまう。

「例えばこの先も郵便配達はずっとあるのかなぁ、なんて思うことがありますよ」

「何で？」

「ITの勢いって、すごいじゃないですか。たかだか二、三年で、多くのことが変わっちゃいますし」

「でも郵便がなくなったら困るでしょ」

「今はまだそうだと思いますけどね」

「メールなんかですんじゃうことも多いけど、現物を送らなきゃいけないってことも、あるじゃない。お歳暮とか、お花とか」

「片岡さん、お歳暮、贈ります？」

「贈んない。でもお花は送るよ。というか、送られたのか。こないだの誕生日にね、テルちんが送ってきたの。プレゼントはプレゼントでくれたんだけど、それとは別に。よその宅配便じゃなく、郵便局ので来たよ。わたしが郵便屋さんびいきなのを知ってるからそうしたって、テルちんが言ってた。よそので送ったらわたしに怒られるんじゃないかと思ったんだって。お花もらって怒んないっつうの。で、そういうのはさ、データ通信じゃできないじゃん。お花の画像とか動画を送られても、ぴんとこない」

「世のカレシというカレシの全員が、カノジョに花を送ってくれるといいんですけどね」

「送んないか。わたしも、本人から直接手渡しっていうのは何度かあったけど、送られてくるのは初めてだったもん」

もう九月なのに、陽射しが強い。その分、冷たいお茶がうまい。

空に浮かぶ飛行機を見て、言う。

「ドローンてあるじゃないですか」

「ん？」

「無人航空機、だったかな。しっかりしたラジコンヘリみたいなの」

「あぁ。うん。爆撃とかも、できちゃうやつだ」

「ええ。あれで通販の品を宅配するなんて話が現実味を帯びてきてるみたいだから、さらに技術が進めば、郵便配達にもそれを導入できちゃうんじゃないですかね」

「ああいうのが配達するってこと？」

「ええ。無人機が目の前に降りてきて、言うんですよ。『カキトメデス。ゴインカンプリーズ』」

「インタホンのボタンはどうやって押すの？」

「さあ。そこまでは」

「わたしがいなかったらどうするの？」

「うーん。不在通知を残すんですかね」

「お花も、それが運んできてくれるわけ？」

「そうですね。メッセージも読むかもしれません。『テルチンヨリアイヲコメテ』とか」

「それはちょっといやだなぁ。もしそうなったらさ、わたし、郵便屋さんに飲みものとかあげらんなくなっちゃうじゃない」

あげらんなくなっちゃうというのはいいな、と思った。片岡泉さんは、あげたいのだ。人に何かをあげたいと思える人は、いい。

「片岡さんなら、そのドローンにでも、あげちゃうんじゃないですかね。あれが空を飛んでたら、『ちょっと降りてきて』って下から声をかけて」

「それで、何、ペットボトルのお茶を持たせるわけ？」

「はい。で、ドローンが言うんですよ。『イチドキニノマナクテイイカラベンリ。サンクス』」

「で、ここに並んで座るわけ？」

「はい」

「で、わたしが正社員になろうか迷ってることを打ち明けるわけだ」

「はい」

「そのドローンが、『ナレ』とか言ったらこわいよね」

「『ナルナ。ジユウデアレ』なんて言ったら、もっとこわいですけどね」

「そうなったら、もう配達じゃないね。そっちのほうで人気が出そう。無人相談機」

「そうですね。で、相談が長引いて帰りが遅くなったのを心配した人間の配達員が迎えに来ると」

「人間の配達員、いるんじゃん」と片岡泉さんが笑う。

僕も笑う。バカなことを言ったなぁ、と思う。無人機を迎えに来る役でもいいから、配達員ではいたいなぁ、とも思う。

暑いことは暑い。でもちょっと気分がいい。お茶も進む。ゴクゴクと飲み干して、言う。

「せっかくペットボトルにしていただいたのに、ここで全部飲んじゃいました。ごちそうさまです」

はい、と片岡泉さんが手を差しだすので、すいません、と空いたペットボトルを渡す。

二人、ほぼ同時に立ち上がる。

「あ、そうだ。『リナとレオ』、テルちんと一緒に観に行くよ」と片岡泉さんが言い、

「ありがとうございます」と僕が言う。
いい五年、があるように。
いい十分、もある。

＊　＊

紙は水に弱い。ペーパーレス化がいよいよ加速するなか、水への強い耐性を持つ紙を安く大量生産する研究を企業が進めているのかどうか。そこまでは知らない。僕が知っているのは、雨の日の配達はもうとにかく大変、ということだけだ。

雨は容赦《ようしゃ》しない。あらゆるものを、きちんと濡《ぬ》らす。バイクの前に付けた配達カバンに防水カバーをかぶせておけば、なかの郵便物は濡れない。だが配達先の前で束から抜きだして宛名確認をするそのわずか数秒を、雨は見逃さない。本降りのときは、その数秒でハガキや封書がヘナヘナになるくらいに、きちんと濡らす。

だから、僕らが少しもはみ出さないように郵便受けに入れたとしても、郵便物が濡れていた、となる事態は起こり得る。配達時に誤って水たまりに落としてしまった場合や、明らかにこれはなしでしょ、という場合は持ち戻るが、そうでなければ配達する。逆に言うと、一滴の雨粒にも当たらずに郵便受けにたどり着ける郵便物はない。

僕ら配達員は、実際に雨に打たれながら配達する。だからその、明らかにこれはなし、の基準がいくらか下がってしまうことは、あるかもしれない。四時間も五時間も雨に打たれているのだから、打たれていない場合にくらべて濡れへの意識は弱まる。そんな理屈だ。

で、その日は丸一日の降りだった。しかも、午前午後を通しての、本降り。そんな日は、さすがに配達が遅れる。時間にして一割から二割増し、という感じだろうか。

夕方、局に戻ると、苦情の電話が来ていた。みつば二丁目の尾関《おぜき》さんからだ。配達区で言うと、みつば一区。担当は荻野くん。

電話は小松課長が受けた。郵便物は封書。なかの手書き文字が滲《にじ》んで読みづらくなるほど濡れていたという。

誤配とはちがい、回収してどうこうできるものではないから、ただ謝るしかない。課長は謝った。絶対にとは言わず、なるべく濡らさないように気をつけます、と。

配達したのが荻野くんなので、一応、課長に言ってみた。

「僕が行ってきましょうか？」

「いや。今後気をつけてくれればそれでいいと、あちらも言ってくれたから。まあ、そういうことだから、荻野くん、できるだけ濡らさないようにな」

「はい」

その返事にうなずき、課長は自分の席に戻っていった。

二丁目の尾関さん。たぶん、奥さんだろう。尾関初乃《はつの》さん。僕が知る限り、苦情を言ってきたことはない。

そこで、荻野くんに訊いてみた。

「かなり濡れてた？」

「よく覚えてないです。覚えてないくらいだから、それほどは濡れてなかったと思いますけど」

そんなものだ。やはり意識のちがいだろう。配達する僕らは、この程度なら大して濡れてない、と感じ、エアコンが効いて湿度も低く保たれた部屋にいる人は、濡れてる！と感じる。

「濡らしちゃって悪いとは思いますけど。今日はすごく強い降りだったわけじゃないですか。ちょっとは考えてほしいですよね。試しに、自分で配達をやってみればいいんですよ。そもそも、雨が降ってるなか、紙のものをまったく濡らさないで配達するなんて無理ですよね」

無理なのだが。

「年賀状の時期なんかに、よくニュースになるじゃないですか。配達員が郵便物を家に隠してたのがバレて捕まった、とか。ダメはダメですけど、あの気持ち、ちょっとわかりますよ」

わかるのだが。

何だろう。その軽いもの言いが、ちょっと気になる。

「お前、だからって家に隠すんじゃねえぞ」と谷さんがすかさず言う。

「隠しませんよ。でもあれ、何で家に隠しちゃうんですかね。ぼくなら、わからないように捨てますよ。自宅に隠すなんて、わざわざ証拠を残すようなもんじゃないですか」

「だからって捨てたりもすんじゃねえぞ。見るやつが見れば、誰の配達分かなんてすぐわかるからな」

「捨てませんよ。冗談ですって」

「リアルな冗談を言うんじゃねえ」

相変わらず口が悪い。悪いが、つかえねえ、は出なかったので、よしとしなければならない。言うべきことは谷さんが言ってくれたため、僕は何も言わなかった。軽いもの言いをしたからといって、荻野くんが郵便物を隠すとまでは思わない。言うのとやるのは大ちがい。その一線は、簡単には越えられない。

その翌日も、みつば一区の担当は荻野くんだった。

わざわざ訪ねたりはしなくていいから、もし尾関さんと顔を合わせるようなことがあったら、昨日はすいませんでしたと一言謝っといて。というくらいのことは言っておいた。

甘かった。言葉が足りなかった。

雲までもが雨に洗い流されてすっかり晴れたその日。荻野くんは快調に配達した。そして前日よりおよそ一時間早く、尾関さん宅に差しかかった。

バイクの音を聞きつけたのか、あるいは初めから待っていたのか、尾関初乃さんが玄関から外に出てきた。

「あ、昨日はすいませんでした」と、荻野くんは僕に言われたとおりのことを言い、今日の分の郵便物を手渡した。

尾関さんは怒っている様子ではなかったらしい。ただ、こう言った。

「人からもらった大切な手紙だったの。次からは気をつけてね」

「気をつけます」と荻野くんは言った。そして、こう続けた。続けてしまった。「でも、まったく濡らさないなんてことはできません。雨が降ってるんだから、ちょっとは濡れますよ」

「だから、なるべく気をつけてって言ってるの」

「なるべくなら、気をつけます。じゃあ、これで」

やりとりはそれだけだった。呼び止められたり、怒られたりはしなかった。

が、またしても、局に電話がかかってきた。二日連続。こじれていたものをさらにこじらせてしまった、最悪のパターンだ。

その場では怒らなかった尾関さんも、間を置いてかけてきた電話では怒っていた。苦情ではそういうこともある。現場では、えっ？　と思うだけ。あとで冷静に考えて、怒りが募る。そして、さっきのあれはない、となる。

そのときも、電話には小松課長が出た。もうかけるつもりはなかったんですよ、と尾関さんは言ったそうだ。でもさすがにあんなでは。

課長はそこでも謝った。指導が行き届きませんでした。申し訳ありません。本人によく言い聞かせます。謝りに来てほしい、というようなことは言われなかった。だが尾関さんの話しぶりから、謝りに伺います、と課長は言った。そうしてほしくて言ってるんじゃありません、と言われた。来られても困ります。

だが、行った。僕が。一人でだ。

「今日は行きます」と自ら課長に言った。

行かなくていい、とは課長も言わなかった。

荻野くん自身を連れていくことは考えなかった。アルバイトさんにそこまではさせられない。例えば郵便物を紛失してしまったというなら別だが、その手のミスをしたわけではない。理屈としてまちがったことを言ったわけですら、ない。ここは正社員が、なかでも直接指導をした正社員が行くべきだろう。

午後五時すぎ。僕は再び車庫からバイクを出した。後ろのキャリーボックスには、粗品のタオルを入れている。

超勤はつけるから、と課長には言われていた。いいですよ、と言いたいところだが、言わなかった。だから課長の決め文句、つけなかったら僕が突き上げを食っちゃうよ、は聞けなかった。いいと言ってもつけてはくれるのだから、余計なことを言わせる必要はない。

尾関さん宅までは、バイクでなら、局から三分。お詫びの文句を自分のなかで固める前に着いてしまった。

とったヘルメットをキャリーボックスに入れ、代わりに粗品のタオルを出す。門扉のわき、表札の下にあるインタホンのボタンを押した。ウィンウォーン。

「はい」

「いつもお世話になっております。郵便局です」とそこまでを早口で言う。「昨日の今日で、大変失礼しました。お詫びをと思い、伺いました」

「え？　いいって言ったのに」

「はい。ですが、失礼がありましたので、やはり」

「えーと、ちょっと待ってください」

プツッと通話が切れ、数秒のあと、玄関のドアが開いた。尾関初乃さんが出てくる。五十代前半ぐらい。きちんと話したことはないが、見覚えはある。

門扉を挟んで向かい合う。二段下の階段に立ち、頭を下げた。

「申し訳ありませんでした。配達の者が、失礼なことを言ってしまったようで」

「いえ、あの、何かごめんなさい。来ていただかなくてよかったんですよ。こうしてもらうために電話をかけたわけでもないし」

その言葉どおり、尾関さんはちっとも怒っていなかった。こういうこともある。電話で苦情を言えればそれで充分。引きずらない。そんな人も、案外多いものなのだ。

「あのね、昨日も、電話をするつもりはなかったの。雨の日の配達が大変だっていうのも、わかってはいるつもりだし。ただ、このところ、若い男の子が配達に来てるみたいだから、何ていうか、一応、言ってあげたほうがいいかとも思って」

「ありがとうございます。それなのに今日はまたこんなことになって、すいません」

「二日続けてなんて、いやなおばさんよね」

「いえ、そんな」

「わたし、ダメなんですよ。瞬間湯沸かし器ではないんだけど、あれこれ考えてカ〜ッときちゃうタチで。ほんと、わざわざ来させちゃって、ごめんなさい」

「こちらこそ、勝手に押しかけてしまって、すいません。僕が彼に仕事を教えたので、お詫びはしておきたいと思いまして」

「やっぱり新人さんなの？　あの子」

「はい」

「学生さん？」

「ええ。大学生です」

「うるさいおばさんだと思われちゃうでしょうね、あの子には」

「いえ」としか言えなかった。そんなことありません、とまで言うと、うそくさくなる。だからこう続けてごまかす。「彼には、僕がよく言っておきます」

「いいのよ、それはもう」

「で、あの、これを」と粗品のタオルを差しだす。

「いえ、それは。本当にそんなつもりではないので」

「わかってはいますが、どうか」

「でも」

「ほんの気持ちですので」

「受けとらないと、あなたが困る?」

そこは躊躇《ちゅうちょ》なく、肯定する。

「はい」

「持ち帰ったら、上の人に怒られる?」

そこは躊躇して、否定する。

「えーと、そこまでは」

尾関さんは、笑顔で受けとってくれる。

「せっかくだから、つかわせてもらいます」

「ありがとうございます」

「お礼を言うのはもらったほうでしょ。ありがとう」

押しつけたようで申し訳ないが、やはりありがたい。

「ここまでしてもらったんだから、一応、話しておくわね。昨日の手紙、あれ、昔のお友だちから来たものだったの。もう三十年も前だけど、いろいろあって、その後、疎遠になっちゃってたのね。もうこのまま会うこともないだろうと思ってたわけ。そしたら。くれたのよ、手紙を。本当に驚いた。昔のことをね、謝ってくれたの。丁寧に筆ペンか何かで書いたのかな。だから、余計滲んじゃって。で、せっかくの手紙なのに、と思っちゃって、ついつい局さんに電話を」

「そういうことでしたか」

「今になってみればね、いろいろあったと言っても、そう大したことじゃないのよ。でも二十代前半のころって、敏感でしょ？　だから、お互い引けなくなっちゃって」

二十代前半。いい五年、だ。

「あぁ、わたしもすぐに返事を書かなきゃ、と思った。知り合いにあたれば、たぶん、彼女の電話番号ぐらいわかるんだけど、手紙にしてくれたんだから、まずは手紙で返したかったの。ごめんなさいを文字に残してくれたんだから、こちらも気持ちを文字で返さないとズルいわよね。だから今日明日のうちに書くつもりでいたわけ。その文面を考えてたら、バイクの音が聞こえてきて、あ、そうだって。で、余計なことしちゃった」

「余計なことじゃないです。ほんとに」

「あの子ぐらいの歳だと、親の年代にあれこれ言われるのはすごくうっとうしいって、わかってはいたのよ。でもそのあたり、あのころから変わってないのよね、わたし。さっきも言ったけど、今でもカ～ッとなっちゃう。つまりそういうこと。ずっと手もとに残しておきたくなる手紙をもらって、それが雨に濡れてて、ちょっと残念な気持ちになった。だから電話しちゃった。電話に出てくれた人にはここまで説明しなかったけど、あなたはわざわざ来てくれたから、一応」

「ありがとうございます。やっぱり、伺ってよかったです」

「あの子には、あなたがいいと思うように言っておいて」

「わかりました。事前のお知らせもなしに突然押しかけてしまって、すいませんでした。これからも郵便をよろしくお願いします」

「こちらこそ。もう、雨に濡れてても文句は言わないから。あんな手紙自体、二度ともらえないだろうし」

「でもひどく濡れてるようなら、遠慮なさらず、おっしゃってください。お手紙をもとどおりにはできなくても、こうしてお詫びに伺うくらいはできますから」

「ありがとう。その言葉で充分。タオルは大切につかわせてもらいます。あの手紙とセットだと思って」

最後にもう一度、頭を下げる。

「では失礼します」

階段を下り、ヘルメットをかぶって、バイクに乗る。

尾関さんは、すぐには玄関に戻らない。門扉のところで見送ってくれる。

最後の最後にもう一度頭を下げ、アクセルをまわして走りだす。本当に来てよかった。そう思う。

局に戻ったのは、午後五時半すぎ。そこにはまだ荻野くんと谷さんと美郷さんがいた。荻野くんはともかく、あとの二人も僕の帰局を待っていてくれたらしい。

勤務時間後も職場に残っていると、早く帰るよう小松課長に言われる。何故かと言えば、超勤をつけずに職員を残らせるな、と課長自身が突き上げを食ってしまうからだが。今日は課長も容認したようだ。

課長には、とても大切な手紙だったみたいです、と簡潔に報告した。尾関さんはちっとも怒ってなくて、むしろ恐縮されました、と。

谷さんと美郷さんは、区分棚の前に座り、それぞれに配達原簿のチェックをしていた。別に今やらなくてもいい仕事だ。超勤はつかなくても、ただ残っているのは気が引けたのだろう。

二人をまねて、荻野くんもみつば一区の原簿をチェックしていたので、じゃあ、まだ時間があるから、と僕も加わった。

「尾関さん、怒ってました？」と荻野くんに訊かれ、

「全然」と答える。

「何だ。じゃ、よかったです。ほっとしました。ぼくも一緒に行くべきでしたかね」

「いや。まあ、それは僕らの仕事だから。ただ、これからも、会ったら普通にあいさつはしてよ」

「それはもちろんしますよ。ぼく、そういうのは気にしないんで」

少し迷ったが。尾関さんがしてくれた手紙の話を、荻野くんに伝えた。尾関さん自身が用いた言葉を用いて。過不足なく。僕の意見とか、そんなのはなしにして。

「あぁ。そういうことだったんですね。だから気を悪くしたのか」と荻野くんは言った。そして、こう続けた。ここでもやはり、続けてしまった。「でもそれ、ぼくには関係なくないですか？　そりゃ大切な手紙もあるだろうとは思いますよ。だけど、結局は、その大切な手紙がたまたま雨の日に来ちゃっただけですよね。それをぼくのせいにされてもって感じですよ」

谷さんと美郷さんは、荻野くんと僕に背を向けて座っている。だがそう離れてはいな

いから、話は聞かれているだろう。どうしようかな、と思った。言った。

「本当に関係ないと思う？」

「はい？」

「本当に、配達した荻野くんとは関係ないことだと思う？」

「ないと思います」

「思うんなら、就職のときに配達の仕事は選ばないほうがいいよ。向いてないってことかもしれない」

「あぁ。そうですか」

「うん」

気分を害したことが、荻野くんの声音でわかる。でもしかたない。犬と警官はいい。ただ、今回のこれは、よくない。悪いとは言わないが、いいとも言えない。

「正直」と荻野くん。

「ん？」と僕。

「きれいごとですよね」

「そうだね。きれいごとだ。でもさ、世の中には、本当にきれいなものって、たぶん、あるよ」

例えば何ですか？　と訊かれたらどうしよう、と思った。訊かれなかった。それでも、考えた。ものではないのかもしれない。目には見えないこと。はっきりこれと言葉で示せもしないようなこと。きれいなこと。

「あんたさ」という声が背後から聞こえた。美郷さんだ。「所詮はアルバイト、みたいな気持ちでやるのは勘弁してよね。働くのに男も女もないのと同じで、働くのに社員もバイトもない。濡れない雨はないとわかったうえで、どうにか濡れないようにやる。それが仕事だからね。楽しむためにやるんじゃない。やることをきちんとやって、結果、それを楽しむんだからね」

それだけだった。働くのに男も女もない、というのは、谷さんに言っているようにも聞こえた。美郷さんが異動してきた日に谷さんが言った、仕事で女とかは関係ねえからな。それにあらためて、そんなことわかってますよ、と言い返した感じだ。

この二人、それぞれに僕とはしゃべるが、お互いはあまりしゃべらない。どちらかといえば、谷さんが美郷さんを苦手としているように見える。一年弱付き合ってきて、少しわかってきた。谷さんのような攻撃型の人は、防御にもろい面があるのだ。そして美郷さんは、言われっぱなしで黙っている人ではない。

それはともかく。

「はい」とも「ふぁあ」とも聞こえる返事をしたきり、荻野くんは黙った。

谷さんは何も言わない。

僕も何も言わない。

みつば第三公園で初めて会ったとき、郵便屋さんて、どうですか？ と訊いてきた荻野くん。どうですか？ 楽しいですか？ 楽しくないですか？

あのとき僕は、楽しくないことはないです、と曖昧な答え方をした。あそこで言っておくべきだったのかもしれない。それこそ美郷さんではないが。仕事を楽しむって言葉の意味をはきちがえないほうがいいよ、と。

「さて、帰るか」と谷さんが立ち上がる。そして荻野くんに言う。「お前、明日もちゃんと来いよ」

＊　＊

来なかった。

翌日、荻野くんは時間になっても出勤せず、連絡もよこさないので、僕がケータイに電話をかけてみた。電源が切られていた。寝坊の可能性もある。だがそうではないだろうと、容易に想像がついた。

「あーあ」と谷さんが言った。「あいつ、やっちったな」

その日は、区割りを変え、一人一人の持ち分を増やすことで、どうにか対応した。みつば一区は、谷さんと早坂くんと僕で分け合った。二人には、朝のうちに謝った。平本が謝ることじゃねえよ、と谷さんは言い、そうですよ、と早坂くんは言った。

配達の合間にも、何度か荻野くんに電話をかけてみた。電源は入れられていたものの、出てはくれなかった。みつば二区の担当だった早坂くんが配達の途中でグリーンハイツを訪ねてみたが、部屋にはいないようだった。居留守じゃねえか？　と谷さんは言った。ちがいますよ、と返す自信がなかった。

その翌日も、荻野くんは来なかった。まあ、それは予想できたため、そうなった場合の人員配置もしておいた。だから特に混乱はなかった。

「二日続けて連絡なしはアウトだな」と谷さんが言った。

まだセーフですよ、と言うつもりはなかった。明日は僕自身が休みなので、今夜はカーサみつばのたまきの部屋を訪れることになっている。その前にグリーンハイツに寄ってみよう、と思った。

荻野くんも、このままだと誰かが訪ねてくると思ったのかもしれない。その日の昼のうちに、局に電話をかけてきた。やめます、という電話だ。小松課長が受けた。そうか、と課長は言ったらしい。期待してたが残念だ。言っただけで、引き止めはしなかった。こうなる前に相談されていたら、引き止めていただろう。だが無断欠勤はやはりダメだ。バイトだからいいと思ってしまうのなら、なおさらダメだ。そのことは、荻野くんも知っておいたほうがいい。

谷さんは正しかった。世の中は、甘くない。そして平本秋宏は、甘い。

美郷さんも、正しかった。働くのに男も女もない。社員もバイトもない。

そして局とは無関係な片岡泉さんまでもが、正しかった。よさげな子じゃん、との荻野くんに対する見立てが当たっていたかは別として。正社員にはやはり正社員の責任がある。時には言いたくないことも言わなきゃいけないし、いやな終わりも迎えなきゃいけない。今初めて、小松課長の苦労が少しだけわかる。

その後、何日かして。美郷さんからこんな話を聞いた。局の谷とかいうやつムカつく。と、荻野くんがSNSでつぶやいていたというのだ。

美郷さん自身が見つけ、すぐに荻野くんに電話をかけて、削除を促した。少し時間が経っていたせいか、荻野くんもその電話には出たらしい。美郷さんは、荻野くんにキビしいことを言った自分のことが何かつぶやかれているのではないかと思ったそうだ。で、見てみたら。谷さんのことがつぶやかれていたという。

荻野くんは、あんな感じでいて、実は見かけどおりに繊細だから、谷さんにあれこれ言われ、相当ストレスをためこんでいたのだろう。

それが美郷さんの見解だった。

「平本くんのことをつぶやいてなくてよかったよ」

僕のこと。僕が荻野くんをアルバイトに誘ったくせに突き放したこと、ではなく、僕が春行の弟であること。

「ほら、ああいう子って、不用意にそういうことをつぶやいちゃうから」

「それにしても、よく気づいたね」

そう言った僕に、美郷さんはこう言った。

「前の局でも似たようなことがあったの。その子は、社員のことだけじゃなく、苦情を言ってきたお客さんのことまでつぶやいちゃったんだよね」

だから、荻野くんがやめますと電話をかけてきたあとも、しばらくは注意して見ていたのだという。

感心した。すごい、と言うしかない。

荻野くんが谷さんのことをつぶやいてしまったのは残念だ。美郷さんの機転でおかしなことにはならなかったが、残念だ。

ただ、それでもやはり。

カーサみつばで聞いた、配達の際にきちんとさん付けで宛名確認をしていた荻野くんの声は、今も耳に残っている。

えーと、二〇一、三好たまきさん。よし、オッケー。

塔の上のおばあちゃん

たいていの場合、カレンダーは郵便受けに入らない。卓上用の小ぶりなものならだいじょうぶだが、壁掛け用となると難しい。筒状に丸めて箱に収めてくれると扱いやすくはなるものの、やはり郵便受けには入らない。そんなときは、手渡しする。

今日のこのカレンダーは筒状ではない。封筒に入れられている。その大きさと意外な薄さから、一目でカレンダーとわかる。ここの集合ポストの差し入れ口は広めなので、ふんわり二つ折りにすれば、入れられることは入れられる。ポストのなかで、Uの字を横倒しにした形になってしまうが、折り目まではつかないだろう。

五段十二列、六十戸分がずらりと並んだ集合ポストの前に立ち、どうしようかなぁ、と考える。

差出人さんと受取人さんのどちらか、あるいは双方の希望で、筒状の梱包《こんぽう》ではなく、封筒にしたのかもしれない。だとすれば、折りたくないだけでなく、丸めたくもないということだ。あの丸まりは案外厄介《やっかい》で、なかなか直らなかったりする。僕は気にしないが、気にする人はするかもしれない。

決定。手渡し。

エントランスホール内にあるインタホンのところへ行き、ボタンを押す。三、〇、〇、三。三から始まる四ケタ。三十階建てのマンション、ムーンタワーみつばの三十階だ。全部で十室しかない最上階の、一室。

呼び出し音が五秒ほど鳴ったあと、女声が聞こえてくる。

「はい」

「こんにちは。郵便です。鎌田《かまた》めい様宛にお届けものです。大きくて郵便受けに入らないので、手渡しでお願いします」

「ハンコがいる?」

「いえ、それは結構です」

「いらないの?」

「はい」

「じゃあ、何で?」

「えーと、お荷物が大きくて、郵便受けに入りきらないもんですから、直接お渡しできればと」

「でもハンコはいらないの？」

「はい」

「どんなもの？」

「おそらくは、カレンダーかと」

「あぁ。入らないの？」

「ええ。折り曲げれば入るとは思いますが、せっかくですので」

返事がない。考えているようだ。声と話し方から判断して、ご高齢のかたらしい。

間が長い。通話が切れたのかと思い、言葉を続けようとした。が、一瞬早く声が届く。

「ねぇ、郵便屋さん」

「はい」

「お宅、本当に郵便屋さん？」

「そうですよ」

「わたしをだまそうとしてない？」

「いえ、そんな」

インタホンの上部にはカメラも付いている。僕の姿は三十階の鎌田さんに見えているはずだ。もちろん、制服を着てるからといって本物とは限らない。制服の入手法など、今はたくさんあるだろう。

「本当にだまさない?」

「だましません。お届けものを、お渡しするだけです。それですぐに帰ります。お約束します」

「じゃあ、上がってきて」

「はい。ありがとうございます」

プツッと音がして、通話が切れる。カチャリと音がして、ドアのロックが解かれる。いつも以上に急いで居住スペースに入り、一階に下りていたエレベーターに乗る。

タワーマンションのエレベーターは、低層階用と高層階用に分かれているものもあるようだが、ここのは各階止まりだ。その代わり、一階に二室しかない。つまり、このエレベーター一基を六十戸でつかう。

ヒュ〜ン、とエレベーターは上っていく。十五階建てのベイサイドコートなんかとくらべると、速い。でも静か。速いだけに、わりと早めに減速し、三十階に到達した。

やはり静かにドアが開く。降りる。

右側の三〇〇三号室の前に行き、ドアのわきにあるインタホンのボタンを押す。ウィンウォーン。その音は、ほかのマンションやアパートと変わらない。

ここでの応対は省く人も多いが、鎌田さんは省かない。

「はい」

「郵便です。お願いします」

数秒後、カギが解かれる音がして、ドアがゆっくりと開く。

予想どおりのご高齢。おばあちゃんが顔を出す。予想以上に顔の位置が低い。小柄だ。少し太っている。髪が白い。半黒半白ではない。八割がた白い。

「こんにちは」

「こんにちは。本当に、郵便屋さんだよね？」

「はい」

一応、左胸に付けた名札を左手でつかみ、お見せする。

「みつば郵便局の平本といいます」

こうなるくらいだから、あ、春行！　という驚きはまったくない。ヘルメットをかぶっていないのに、ない。ご高齢のかたがたにも春行は意外と知られているが、このおばあちゃんは知らないようだ。ＮＨＫの朝ドラや大河ドラマに出たことがないからかもしれない。

「ごめんねぇ、疑ったりして」と、おばあちゃんは気まずそうに言う。

「いえいえ。これがそのお届けものです」

カレンダーであろう郵便物を渡す。

「これなら、下の郵便受けに入らないかい？」

「折り曲げれば、入るかと」

「いつもは入れられてるけど」

「そうですか。折り曲げないほうがいいかと思ったものですから」

「申し訳ないねぇ。わざわざこんな、三十階まで来てもらって」

「いえ。エレベーターをつかわせてもらいましたので。すぐでした」

「そうなんだよ。うそみたいに速いよね。ほんとに三十階なのかと思っちゃうよ」

「そうですね。よそのにくらべても速いと思います」

「やっぱりそうかい？」

「はい」そして言う。「では失礼します。お手を煩わせてすいませんでした」

頭を下げ、戻ろうとする。が、呼び止められる。

「あ、郵便屋さん。ちょっと訊きたいことがあるんだけど」

「はい。何でしょう」

「急ぐよねぇ」

「いえ、だいじょうぶですよ」

「じゃあ、ちょっと上がってくれるかい？」

「あぁ。はい」

当然、郵便に関することを訊かれるのだと思っていた。例えば、この掛け軸を送りたいんだけどどうしたらいいかねぇ、とか、この日本人形は送れるかねぇ、とか。

ちがった。郵便局員としての知識を求められたわけではなかった。

促されるまま、三和土でくつを脱ぎ、なかに上がった。念のため、目視でくつ下をチェックする。セーフ。穴は空いてない。

なかは広かった。廊下が長い。部屋はいくつもありそうだ。

「これなんだよ」

これ。居間でおばあちゃんが指したのは、大きな薄型テレビの下にあるブルーレイディスクレコーダーだ。

「わたしにはもう、ちんぷんかんぷんでね。何が何だかわからないんだよ」

つまりそういうこと。僕はこの手の機器にくわしいであろう若い人としての知識を求められたわけだ。

マズい。僕もブルーレイディスクレコーダーは持っているが、つかいこなせているとは言い難い。たまに映画を観たり、春行や百波が出るテレビ番組をHDDのほうに録画するくらい。細かなことを訊かれたら正しく答える自信はない。

「これをね、見たいんだよ」

今度のこれは、ブルーレイディスクだ。それを、ただ見るだけ。再生するだけ。

「えーと、これをテレビの画面で見られればいい、ということですよね？」

「そう」

「わかりました」

不安が自信に変わる。僕はテレビとレコーダーそれぞれのリモコンを操作して、ミッションにかかる。

「孫がね、おととい送ってきてくれたんだよ。でもわたしはわかんないから、見られなかったの。やり方は前に息子に聞いたんだけど、忘れちゃって」

「毎日つかってないと、そうなりますよね」

「ビデオがわかんなかったのに、もうこんなのわかんないよねぇ。わたしなんか、扱えるのはカセットテープまでだよ」

「CDとかDVDは、どうですか？」

「CDは知ってる。でも聴いたことないね。知ってるだけ。ほんと、すまないねぇ。また息子に訊けばいいんだけど、土日しか帰ってこないもんでね」

それは郵便配達員としてちょっと気になる情報だ。訊いてみる。

「失礼ですが。息子さん、こちらにお住まいなんですよね?」不審がられないよう、すぐに足す。「息子さん宛の郵便物は、お入れしていいんですよね?」

「住んではいますよ。ただ、何だか仕事が忙しいみたいで、東京にもう一つ部屋を借りてんの。自分で会社をやっててね。パソコンだか何だかの、やっぱりわたしにはよくわかんない会社なんだけど」

「IT、ですか?」

「さあ。パソコンがどうこうとは、言ってたけどねぇ」

確認のため、くり返す。

「じゃあ、息子さん宛の郵便物は、これからもお入れしますね」

「お願いします。わたしが毎日下に取りにいくから。マサカズとわたしのは入れちゃってくださいよ」

マサカズ。確か、将和さんだ。

「えーと、お二人、でしたっけ」

「そう。将和とめい」

ということは、このおばあちゃんがめいさんか。

めいちゃん。お子さんだと思っていた。タワーマンションの最上階、三十階。そこにおばあちゃんが住むイメージがなくて、勝手に女の子だと思いこんでいた。めいちゃんならぬ、めいさん。ちゃんはちゃんでも、おばあちゃんだったか。考えてみれば、めいさんはおばあちゃんぽい名前でもある。

同じみつばでも、戸建てが多い一区は住人の名前をだいたい覚えている。家族構成も何となくわかるし、人によっては顔もわかる。だがこちら、マンションが多い二区はそうもいかない。

まず一軒一軒の外観という、記憶へつながる大きな要素がない。さらに集合ポストなので、書留でもなければ顔を合わせることがない。例えばこの鎌田家も、二人世帯という認識はなかった。将和さんが世帯主であること。ひらがなでめいさんという名前の人がいること。覚えていたのはそのくらいだ。

テレビの入力を切り換え、レコーダーのトレイにディスクをセットする。

「これをここに入れるんですよ」とおばあちゃんに説明した。

聞けば、毎回その入力切換のところで壁にぶつかってしまうらしい。レコーダーを作動させるのに、テレビのリモコンまで操作しなければならない。その理屈がわかりづらいようだ。リモコンにボタンが多すぎるのもいけない。

将和さんが買いそろえたのだろう。テレビもブルーレイディスクレコーダーも、それ自体が、たぶん、高級機種だ。テレビは画面が大きくて極薄だし、レコーダーも薄型。

リモコンのボタンを押し、ディスクを再生した。大きなテレビ画面に、映像が映しだされる。

お孫さんが送ってきたブルーレイディスク。孫というから、小学校の運動会や幼稚園のお遊戯の映像かと思っていたら。映っていたのは成人だ。おそらくは二十代前半の女性。

「おばあちゃん、元気?」と、その女性がこちらに手を振る。

場所は屋外。柵のない、川辺。背後を水が穏やかに流れている。

「そっちはどう? こっちはもうムチャクチャ寒いよ。でも夏は最高だから、来年はがんばって、来てね。あちこち案内するよ〜」

さすがはブルーレイ。吐く息の白さまでもが伝わる。確かに寒そうだ。

「あらぁ。もう寒いんだねぇ」と言うおばあちゃんの顔は笑っている。

私的なものを見ては悪いので、目を画面に向けないようにした。用はすんだから行くべきかな、と思う。

「孫なんだよ」

「そうですか。もう大きいんですね」

「うん。名前はモモ」

「モモさん。どう書くんですか?」

「果物の桃。名前を付けてくれって息子に言われてね。漢字一文字がよかったの。で、桜とどっちにしようか迷って、桃。そのほうがかわいいと思ってね」

「かわいいです。桃さん」

「そうかい?」

「はい」

「じゃあ、よかったよ。郵便屋さんぐらいの歳の人がそう言ってくれるんならね、付けた甲斐《かい》があったってもんだ」

「桃さんは、今、おいくつなんですか?」

「二十三。大学を出たばっかり。今年から働きはじめたんだよ。がんばってくれてるといいけどねぇ」

桃さんからのビデオレターは、三分ほどで終わった。結局、おばあちゃんと話をしながら、全部見てしまった。桃さんが近々大学時代の友人と九州旅行をすることまで聞いてしまった。

あとでもう一回、いや、一回と言わず何回でも見るよ、と言うおばあちゃんに、ディスクの再生の仕方を教えた。

「やろうとしたらまたわかんなくなっちゃうかもしれないけど、でもわかったよ。切り換えて、再生、だね？」

「そうです。テレビの入力を切り換えて、ディスクを再生」

「見られてよかったよ。これで桃に電話できる。受けとったのに見てないんじゃ、電話できないからね。『何だ、見てないの？』って言われちゃう」

「桃さん、地名まではおっしゃってなかったですけど。どちらなんですか？」

「札幌」

「札幌。じゃあ、もう寒いでしょうね」

「うん。高校まではこっちにいたんだけど、北海道の大学に行ってね。気に入ったんだか、そのまま就職しちゃったんだよ」

「それは、ちょっとさびしいですね」

「たった一人の孫だからね。昨日生まれたと思ったら、もうこんなに大きくなっちゃったよ。参っちゃうよねぇ。それで北海道に行っちゃうんだから。まあ、息子が離婚したりで、いろいろあったからね。こっちにいたくなかったのかねぇ」

おばあちゃんは何でもないように話してくれたが、さすがにその先は訊けない。ただでさえ深入りしている。これ以上は踏みこめない。

「だからさ、名字も鎌田ではなくなっちゃったんだよ。今は、笹の葉の笹に倉で、笹倉《ささくら》桃。息子の別れた連れ合いの名字にされちゃった」

そう聞いてまず思ったことを、つい言ってしまう。

「桃と迷ったサクラが、名字に入ったんですね」

「ん?」

「サクラ。えーと、ササクラさん」

「あぁ。ほんとだ」とおばあちゃんが笑う。「困ったねぇ。いやんなっちゃうねぇ」

「すいません、変なこと言って」

「いや。どっちもわたしが付けたと思うことにするよ」

たすかった。おばあちゃん、前向きだ。

「じゃあ、僕はそろそろ失礼します」

「ごめんね。郵便でも何でもないことを頼んじゃって」

「いえ」

「息子が帰ってくる土曜まで待てばよかったんだけど。郵便屋さんが上がってきてくれたから、あ、そうだ、と思って。親切で来てくれたのに、利用しちゃったねぇ」

「鎌田さんがいらしてくれて、僕もよかったです。きちんと手渡しできましたし」

「そうだ。郵便屋さん、うどん、好き？」

「はい？」

「うどん。おうどん」

「はい。好きといえば好きですね」

「カップのは？」

「カップうどん、ですか？」

「そう。それ」

「好きですね。よく食べますよ。夜に家で食べることもあるし、昼に局で食べることもあります」

「じゃあさ、食べてってよ。すぐ用意するから」

「いや、でも」

「ちょうどお昼だし」

まさにお昼。ぴったり正午。ブルーレイディスクレコーダーの前面時計表示も、12：

○○。
「お湯を沸かすだけだから、時間はかからないよ。郵便屋さんも、どうせお昼でしょ？」

「ええ、まあ」

今日はこのみつば二区なので、局に戻って食べるつもりでいた。コンビニで何か買うか、それこそ局内の自販機でカップ麺を買うかして。

「迷惑かい？」

「いえ。むしろたすかります。いいんですか？　ほんとに」

「いいも何も。食べてってくれるならありがたいよ。一人で食べるのは、味気ないからね」

「じゃあ、すいません。いただきます」

「よかった。すぐお湯沸かすよ」

カップ麺といっても、おばあちゃんが出してきたのは、多少値が張る生タイプのものだ。

「最近は自分でつくるのも面倒でね、こういうのでいいと思うようになったよ。食べてみたら、おいしいんだよね。パリパリの硬いのはやっぱりダメだけど、これならだいじょうぶ。食べられる」

「最近、コンビニの麺なんかもおいしいですからね」

「そうみたいだねぇ。もりそばに、おそうめんなんかもあるんだね」

「ええ。それもよく食べます」

「郵便屋さんは、独り?」

「はい。結婚はしてないです」

「いい男なのにねぇ」

「いえいえ」

「タレントさんになれそうな顔をしてるよ」

当たらずといえども遠からず、だ。僕と似た顔の人は、実際、タレントになった。

「でも、こんなのでごめんねぇ。普通のうどんを茹でてあげられればよかったけど。このところこれがあるもんだから、買ってなくてね」

「いいえ、充分です。僕もやりますよ。ちょっと失礼します」

そう言って、居間からダイニングキッチンに移る。おばあちゃんの横で、カップのビニールパッケージを破りにかかる。

「こういうのは簡単だからいいよねぇ」

「そうですね」

「この手の硬くないやつは、三分待たなくていいとこもいい」

「はい」

それぞれに上ブタをはがす。カップの三分の一ほどを覆う銀色の湯切りブタが残る。

おばあちゃんがその湯切りブタまではがそうとするので、あわててストップをかける。

「あ、おばあちゃん、それは」

鎌田さんではなく、つい、おばあちゃんと言ってしまう。初対面なのに。

「ん？」

幸い、おばあちゃんは、片側の端を少しはがしたところで手を止めてくれる。

「銀色のフタは、まだはがさなくていいんですよ」

「そうなの？」

「はい」

「どうして？」

「湯切りをするためのものなので」

「ユキリ？」

「はい。お湯を入れて、捨てるんですよ。カップ焼きそばでやるみたいに。お湯を切る。だから湯切りです」

「そしたら、お湯がなくなっちゃうよ」

「もう一度、お湯を入れるんですよ。今度は捨てません。それがおつゆになります」

「どうしてそんなことすんの？」

「えーと、僕もくわしいことは知らないですけど。麺に付着してる何かを流すとか、麺を温めることでおつゆの温度を下げないようにするとか、そんなことかと」

「ふぅん」

「まあ、それをしないでも食べられることは食べられるらしいんですけど。ちゃんと湯切りをしたほうが、たぶん、おいしいです」

「あらまぁ。そうやって食べるものなんだね」

「はい。上ブタにやり方が書いてありますよ」

「字が小さくて、見えないんだよねぇ。ただお湯を入れとけばいいのかと思ってたよ。郵便屋さんはもの知りだね」

「いえ、そういうわけでは」

「わたしなんか何も知らないから、この銀色の紙はいつもとってたよ。何のためにあるかなんて考えもしなかった。そのためにあったんだねぇ」

「じゃあ、試しに僕がやってみますよ。湯切りを」

「お願いしますよ」

「はい。では」

残ったら電気ポットに入れるとのことで、お湯はおばあちゃんがたっぷり沸かしてくれていた。二人分の湯切りをしてもまだ余る。

「先に粉末スープと液体つゆを入れちゃわないでください。おつゆのないうどんを食べなきゃいけなくなっちゃいますから」

「あぁ。そりゃ大変だ。ただでさえ一人で味気ないのに、もっと味気なくなっちゃう」

「はい。味そのものがなくなっちゃいます」

おばあちゃんが笑ってくれるので、僕も遠慮なく笑う。

「で、お湯を注いで。軽く麺をほぐして。お湯を捨てます」

カップを傾け、流しのシンクにお湯をジャーッと流す。銀色の湯切りブタに空いた穴から、シャワーのようにお湯が出る。

「こういうことかい」とおばあちゃんが感心する。「だから小さい穴がいくつも空いてるんだ。考えた人は頭がいいね。穴が大きかったら、うどんが出ちゃう」

「そうですね。で、フタをはがして。もう一度お湯を入れて。粉末スープを入れて。液体つゆも入れて。揚げも入れてと。はい、完成です」

「できた。結局、これも郵便屋さんにやってもらっちゃったね。悪いねぇ」

「いえ、僕が頂くわけですから。このくらい何でもないですよ」

本当に何でもない。僕は料理をしたわけですら、ない。ただ湯切りをしただけだ。

「えーと、じゃあ、ここで頂いて、いいですか?」

「郵便屋さんはそっちのイスに座って。いつも息子が座ってるほう。わたしはこっち」

おばあちゃんは、白菜のつけものと、昨夜つくったというひじきの煮付けも出してくれた。白菜とひじき。どちらも好物だ。特にひじきはいい。一人暮らしだとなかなか食べられない。コンビニ弁当の隅に入っているくらいではもの足りない。まとまった量がほしい。

僕のひじき好きは昔からだ。母も遠足のお弁当にはひじきを入れた。四葉小の鶴田優登くんのお弁当に佃煮かちりめんじゃこが入れられていたようなもの。秋宏が好きだからおれの弁当にまで入れられんだよ、と春行がこぼしていた。

いただきますを言って、おばあちゃんと二人、カップうどんを食べる。

「ほんとだ。麺の感じがちがうよ。おつゆもおいしい。すごいねぇ、郵便屋さん」

「いえ、僕がすごいわけじゃないですよ。すごいのはカップ麺のメーカーさんです」

「すごいねぇ、メーカーさん」

このダイニングキッチンからでも、居間の窓が見える。窓からは、空しか見えない。このマンションに匹敵する高さの建物が周りに何もないからだ。

窓に近寄れば、下方にあるいろいろなものが見える。高いところにいる感じはする。今日初めてこの部屋に入った僕は、それだけで高揚する。その高揚が続く。

うどんをすすりながら、向かいのおばあちゃんに言う。

「三十階って、さすがに高いですね」

「高いねぇ」

「この高さにも、慣れるものですか？」

「わかんないよ。慣れるも慣れないも、住むしかないからねぇ。地震がきたらこわいよ。息子は、頑丈につくってあるからだいじょうぶだって言うけど」

「でもここだと、駅前のスーパーが近くていいですね」

「行くのは大変だよ。エレベーターに乗って、外に出て。スーパーはスーパーでまた大きいしねぇ」

何となくわかる。かかる時間だけを見れば、大したことはない。エレベーターは速いし、大型スーパーの食品売場はレジの数も多い。でもやはり、大きいものは疲れるのだ。スーパーも。たぶん、マンションも。出入りすること自体が、一苦労になる。

「ここに帰ってくると、遠くに来た感じがするよ。ただ上っただけなんだけどね。何か遠いよねぇ」

「確かに、ちょっと遠いですかね。僕もよく、配達中にこのマンションを見上げることがありますよ。近いのに遠いなぁ、と思ってました。あそこにはどんな人が住んでるのかなぁ、とも思ってたんですけど。鎌田さんが住んでたんですね」

「わたしからは、郵便屋さんは見えないだろうねぇ。何せ、フタの文字も見えないくらいだから」

「この高さだと、やっぱり風は強いですか？」

「強いねぇ。洗たく物なんか干したら、すっ飛んでいっちゃうだろうね。干せないけど」

カーサみつばの二階、たまきの部屋から洗たく物が飛ばされた日のことを思いだす。春一番に飛ばされたのだ。それを僕がたまきに知らせた。飛ばされるのを見たから、知らせることができた。結果、付き合うことができた。三十階から飛ばされてきたら、とてもじゃないがわからなかったろう。結果、付き合うこともできなかったろう。

「でも空気は澄んでそうですね」

「夏は窓をちょっと開けておくだけで涼しいね。わたしは冷房が苦手だから、それはたすかるよ。不思議だよねぇ。高い分、お日様に近いから、もっと暑いかと思ってたのに」

「太陽の力以上に、風の力が強いんでしょうね」

「まあ、おじいさんの近くにはいるってことなのかもしれないね。死んだ人が空の上にいるのか、土の下にいるのか、それはわたしにはわかんないけども」

「うーん」としか言えない。

それもまた訊けない。

と思ったら、おばあちゃんが自ら言う。

「でもおじいさんなら、こんなとこには住めないって言うだろうね。高いとこが苦手だったから。五階でもこわいなんて言ってたからねぇ。ここはその何倍だい？」

「えーと、六倍ですね」

「すごいねぇ。団地が六個も乗っかっちゃうんだね」

うどんを食べ、揚げを食べる。白菜のつけものも食べ、ひじきの煮付けも食べる。ひじきは味付けが薄め。ひじきそのものの味がわかる。おいしい。

食べながら、今度は室内を見まわす。

広いためか、すっきりしている。あらゆるものがきちんと片づけられている。逆に言えば、あまりおばあちゃんが住む家っぽくはない。同じくお線香の匂いはしているのに、四葉辺りにある戸建てのお宅とはちがう。

居間の白い壁には、カレンダーが掛けられている。それも二つ。こちらのダイニングキッチンにも一つ。多い。ここからは見えない各部屋やトイレにも掛けられているのだろう。

そこへ、新たな一つを持って、僕が登場したわけだ。

「カレンダーを集めるのが、ご趣味なんですか?」

「趣味ってわけじゃないけどね。何もないのはさびしいから飾っちゃう。カレンダーは、手ごろでいいんだよ。年に一度は替えられるしね。おじいさんがそうしてたから、わたしもそうしちゃうんだね。今日が何月何日かわからなくなったら人間おしまいだって、おじいさんはあちこちにカレンダーを掛けてたの。そのくせ、今日は何日だっけって訊くと、えーと、何日だ? なんてやってたよ」

うどんを食べる。おつゆを飲む。残したら悪いと思い、全部飲む。つけものはおばあちゃんと同じ器からつまむから全部は食べないが、別に盛ってもらったひじきは全部食べる。

「ごちそうさまでした」

「お粗末さんね。今、お茶淹れるよ」とおばあちゃんは言ってくれる。「お茶は出来合いのものじゃない。ちゃんと急須《きゅうす》で淹れるから」

には入らない。

＊　＊

その週の土曜日。ムーンタワーみつば三〇〇三号室の鎌田めい様宛に、またしてもカレンダーが送られてきた。今度は筒状の梱包でだ。直径約十センチ。やはり集合ポストには入らない。

何か頼まれたら引き受けるとしても、今日は昼食は遠慮しよう。

先走ってそんなことを考えながら、インタホンのボタンを押す。

「はい」という声が聞こえる。女声ではない。男声。

そうか、今日は土曜日だ、と思う。

「こんにちは。郵便です。鎌田めい様宛にお届けものです。郵便受けに入らないので、手渡しでお願いします」

「印鑑はいらないのね？」

「はい」

「じゃ、開けるから」

プツッと音がして通話が切れ、カチャリと音がしてドアのロックが解かれる。一階に下りていたエレベーターで、一気に三十階へ。

そしてドアのわきにあるインタホンのボタンを押す。ウィンウォーン。

そこでの応対は省かれ、すぐにドアが開く。

顔を出すのはおばあちゃんではない。おそらくは息子さん、将和さんだ。初めて見る。

五十代半ばぐらい。おばあちゃんほどではないが、白髪が目立つ。おばあちゃんは八割がた白かったが、その反対。二割がた白い。二割だからこそ目立つ。銀縁のメガネをかけている。会社をやっていると聞いていたが、社長よりは学者に見える。

「どうも。郵便です」

そう言って、カレンダーを差しだす。

将和さんは、受けとったそれを素早く持ち替えて、様々な角度から眺める。

「まあ、これはしかたないけど。こないだのカレンダーなら、下の郵便受けに入るんじゃないの？」

「あぁ。そうですね。折り曲げれば、たぶん、入ったかと」

「なら入れてもらってかまわないよ」

「わかりました」

将和さんが僕の顔を見る。じっと見る。

「今言ったことがわかるなら、君がその、こないだ来てくれた人なんだよね？」

「はい」

「じゃあ、ちょうどよかった。今、母は駅前のスーパーに買物に行っててね」

「そうですか」

「まるでタレントさんみたいだって母が言ってたけど、みたいというか、タレントそのものだね。何だっけ、あのタレント」

「春行、ですか？」

「それ。よく言われるでしょ、似てるって」

「言われますね。たまにですけど」

たまにでもない。

「あのさ、長話をしてもしかたないんで、はっきり言うけど。なかに上がったりは、してほしくないんだ」

「あぁ。はい」

「いや、もちろん、君が無理に上がりこんだと言ってるわけじゃない。母が頼んだことはわかってる。ブルーレイの見方を教えてくれたことには感謝してるよ。そのあと、うどんも食べたんだよね？」

「はい。すいません」

「謝らなくてもいいよ。それも母がすすめたことはわかってるから。そういう人なんだ、母は。でも、次はなしにしてほしい。母に何か頼まれても、断ってほしい。つまり、郵便配達と関係ないようなことはね」

　郵便配達と関係ないようなこと。そこは判断が難しい。なかに上がらないのはいい。それは断れる。ただ、できればカレンダーは折り曲げたくない。

「みんながみんな、君みたいな人じゃないよね。郵便受けに入らないものまで無理に入れちゃう配達員だって、いるでしょ」

「まあ、それは」

「ウチもそうしてくれてかまわないから。そのほうが君も楽でしょ。受けとる側がいいって言うんだから、いいよね？」

「はい」言ってしまう。「でも」

「でも何？」

「おばあちゃんは、カレンダーを大事にされてるようなので」

「だから？」

「折り曲げてしまうのは、申し訳ないなと」

将和さんが、再び僕をじっと見る。春行似の、僕の顔を。そして目をそらし、ふっと一つ息を吐く。

「母は、これは言わなかったよね？　振り込め詐欺に遭ったんだよ。もう二年ぐらい前だけど」

その先を聞いて、驚いた。何と、二百万円をだましとられたという。電話をかけてきたニセ将和さんに仕事で大きなミスをしたと言われ、その後訪ねてきた相手に現金を渡してしまったのだそうだ。よろしくお願いします、とまで言って。

犯人は捕まったが、お金は半分も戻っていない。おばあちゃんは大きなショックを受けたようだ。息子の声に気づけなかったわたしが悪い、と思ったらしい。

「自分の母親がそんなのにだまされるなんて、いやでしょ。だから、ここで一緒に住むことにしたんだ。ここなら、そう簡単に金を取りには来られないからね。いや、結局、だまされたら、来られはしちゃうんだけど。母には言ってあるんだよ。誰が来ても相手をしなくていい、インタホンが鳴らされても出なくていいって。郵便も宅配便も、再配達をしてくれるしね。一週間程度は、保管してくれるわけでしょ？」

「そうですね。チルドものでなければ、だいたいは」

「でも母は、出ちゃうんだなぁ。訪ねてきた相手に悪いと思っちゃうんだね。君が来たと聞いたときも、言ったんだよ。そんなお願いをするなって。向こうも迷惑だからって」

「いえ、迷惑なんてことは」

「迷惑ではなくても。ブルーレイをいじるのが君の仕事ではないよね？」

「それは、そうです」

「ぼくだって、いやはいやなんだよ。母をこんなとこに隔離してるみたいでね。でも守るためにはしかたない。いろんなやつがいるからね、これでも足りないと思うくらいだよ。三十階とは言っても、エレベーターに乗ればすぐだし、バリアフリーも万全だ。地震はちょっとこわいけど、まあ、それはどこにいても同じこと。新築のマンションなら、むしろ安全かもしれない」

実際、そうなのだろう。こわいのは火が出ることだが、それへの対策も抜かりはないにちがいない。

「そんなわけだからさ、母にはあまりかまわないでほしいんだ。君があやしい人間でないことはもうわかったけど、ほかの配達員すべてがあやしくないとまでは思えない。親切に対応されると、やっぱりそれでいいんだと母が思ってしまいそうで、こわいんだよ」

「わかりました」

「これでもね、いやなことを言ってる自覚はあるよ。君は丁寧な仕事をしてくれてるとも思う。何ならウチの社員にほしいくらいだよ。でも、こちらの事情も理解してほしい」

「はい。承知していただいたということで、次からは、郵便受けに入れられるものは入れるようにします」

「よろしく。結局、長話になった。すまないね」

「いえ。では失礼します」と頭を下げる。

三〇〇三号室のドアが閉まる。

ボタンを押して、エレベーターを呼ぶ。速い。すぐに来てくれる。

ドアが開く。乗りこむ。ノンストップで一階へ。そこでおばあちゃんと鉢合わせ、なんてことにはならない。降りる。

エントランスホールを出て、バイクに乗り、配達を再開した。

途中で、歩いてきた荻野くんとすれちがった。局でのアルバイトをやめてしまった、荻野くんだ。

あっと思ったが、すぐに目をそらされた。だから、Uターンして戻ったりはしなかった。郵便屋はどこでも見かけるし、荻野くんが住むグリーンハイツにも配達に来る。気が休まらないだろうな、と思う。何か悪いことをしたな、とも思う。

それから、コンビニに寄ってのり弁当を買い、局に戻った。

休憩所でその弁当を食べていると、ケータイに電話がかかってきた。谷さんからだ。

「もしもし」

「平本？」

「はい」

「今どこ？」

「局です。弁当を食べてます」

「今日、みつば二区だよな？」

「そうです」

「早めに上げて、一時間ぐらい、四葉を配れるか？」

「えーと、どうにかなると思います。でも今日、四葉は谷さんじゃないですよね？」

「筒井。バイクでコケた」

「え？　だいじょうぶなんですか？」

「だいじょうぶだけど。マフラーに触れて、ふくらはぎをちょっと火傷した。あいつ自身はやるって言ってるけど、まあ、今日は休ませる。足首もひねったみたいだし」

「無理しないほうがいいですね」

「だから、いける？」

「ええ。いきますよ」

「悪いな」

「いえ」

「速攻で弁当を食べて、出ます」

「じゃあ、三時に神社んとこ、来れるか？」

「行きます」

「そこで配達分を渡すよ」

「了解です。今、美郷さんは？」

「火傷を冷やしてる。今井さんのとこで」

「あぁ。なるほど」

今日は土曜日だ。貴哉くんもいるだろう。

「じゃ、頼むな」

「はい。三時に」

電話を切ると、速攻も速攻で弁当を食べた。

すぐに局を出て、みつば二区の配達をこなす。

急げ。でもあわてるなよ。と自分に言い聞かせる。今日は土曜。貴哉くんも休み。ほかの子たちも休み。住宅地には子どもが多い。飛び出しに注意。

そして午後三時。どうにか四葉の神社にたどり着く。

さすが谷さんは余裕。ベンチに座り、僕を待っていた。微糖の缶コーヒーを飲んでいる。

「おぅ。早かったな」

「早くないですよ。もう三時です。美郷さんは、病院に行ったんですか？」

「いや。今日は土曜だから、午後はやってねぇのよ」

「あぁ。そうか」

「本人も、行かなくていいって言うし」

「今は何を？」

「局で、ほかの区の分の転送と還付をやってる。課長は帰らせることも考えたみたいだけど、なら今日は物量が多いから転送と還付をやらせましょうよって、おれが言ったんだ」

「ナイスアイデアですね」

「ナイスじゃねぇよ。誰でも考えるだろ」

こういうところが谷さんだ。せっかくほめたのだから、おとなしくほめられておけばいいのに。

「谷さんは、美郷さんが転んだことをどうやって知ったんですか?」

「電話でだよ」

「美郷さんがかけてきたんですか?」

「そりゃそうだろ。一番近くにいたのがおれだから、おれにかけてきた」

今日の谷さんの担当は、三区の四葉の隣、四区。近いといえば近い。でも三区も四区も広いから、距離は結構ある。国道をまたぐとはいえ、みつば一区の早坂くんやみつば二区の僕のほうが近かったかもしれない。しかも美郷さんと谷さん。折り合いはよくない。

ただ、そこで呼びやすい同い歳の僕を呼んだりしないのが美郷さんだ。仕事だから効率を優先させる。近いところにいそうな人を呼ぶ。あの人は苦手だとか、そんなことは言わない。頼れるところは頼る。もちろん、谷さんは谷さんで、困っている仲間はたすける。

「やりますね、谷さん」

「あ? 何がだよ」

「女性にも優しいじゃないですか」

「何だそれ」

「最後まで配達しろとか、もうちょっとキビしいことを言うのかと思ってました」

「別に女だからたすけに行ったわけでも、女だから甘くしたわけでもねえよ。無理に配達させて、年賀を前に骨折でもされたらかなわねえからな。筒井が異動してきたときに言ったろ。仕事で女とかは関係ねえんだよ」

なるほど。微妙に誤解していた。あれはそういう意味か。

ハガキや封書の束を二つと、定形外などの郵便物をいくつか渡される。

「じゃあ、平本はケツのほうな。おれはその前」

「はい」

「悪いな、マジで」

「いえ」

さっきは電話だから気づかなかったが。直接言われると気づく。悪いな、なんて言うんだな、谷さん。

神社を出て、谷さんと左右に別れ、配達を始めた。

美郷さんは悔しいだろうな、と思う。谷さんに限らない。僕にだって、配達をまかせたくはなかったはずだ。借りをつくったような気分になってなければいい。

残りは十数軒、というところで、意外な人から声をかけられた。初めて会う徳永《とくなが》さん。おそらくは徳永栄治《えいじ》さんだ。

この徳永さん宅はこぢんまりした平屋だが、常に雨戸が閉まっている。在宅している感じはない。郵便物も、そんなには来ない。週に一通あるかどうか。書留などはまず来ない。

今日は雨戸が開いていたので、あれっと思った。玄関のわきに掛けられている郵便受けのところへ小走りに寄っていくと、その玄関の引戸がガラガラと開いた。

顔を出したのは、六十代と思われる短髪の男性。徳永さん宅から出てきたのだから、徳永さんだろう。配達原簿には一人しか名前がない。栄治さんだ。

「こんにちは」と言って、今日の一通を渡す。家電量販店のDMハガキだ。

「ご苦労さん。みつば郵便局の人だよね？」

「はい」

「筒井さん、ではないか。男だし」

「ええ」と言ったあとに思いだす。

「見せちゃったほうが早いな。ちょっと待ってて」

徳永さんは家に入り、すぐに戻ってくる。僕に何やら紙を渡す。メモ用紙だ。見覚えのある美郷さんの字で、こんなことが書かれている。

『申し訳ありません。車庫の前に張られていたチェーンに足を引っかけ、切ってしまいました。お詫びします。ご不明な点がありましたら、ご連絡ください。〇〇〇-△△△-×××　みつば郵便局集配課　筒井美郷』

そう。これまでは白いチェーンが張られていたのだ。チェーンといっても、プラスチック。侵入者を防ぐためのものではない。ここは私有地ですよ、と知らせる程度のもの。僕ら配達員はいつも車庫の前でバイクを降り、チェーンをまたぎ越して郵便受けのところへ行っていた。そのチェーンが、ない。切れた状態ではなく、丸ごと取り外されている。

「筒井から聞いてます」と徳永さんに言う。「すいません。切ってしまったんですね」

「あ、いいのいいの。邪魔くさいから、とっちゃった。むしろ気をつかわせて悪いなと思ってさ。といっても、わざわざこっちから電話するほどのことじゃないし。そしたら、ほら、バイクの音が聞こえてきたんで」

「そういうことでしたか」

「その人、名前からして、女性だよね。ミサトさん、かな」

「はい」

「こんなメモを入れてくれるなんて、確かに女性っぽいね。言っといてよ。全然気にしなくていいからって。余計なものを付けといてこっちこそすいませんて」

「ありがとうございます。メモを見ていただいたと伝えておきます」ついでなので、こちらからも言う。「あの、徳永さん」

「ん?」

「せっかくお会いできたので、確認させていただきたいんですけど。栄治様宛の郵便物は、お入れしていいんですよね?」

「うん。入れて。一応、住んでることにはなってんの。普段は息子んとこにいるんだけど。空家にしちゃうといろいろ面倒なことがあるんでね。こうやって空気を入れ換えに来てんだわ。今日は土曜だけど、基本は日曜」

「だからお見かけしないんですね」

「でも、ほら、郵便物はちゃんととってるから。たまにはこっちで寝ることもあるし」

「わかりました。これまでどおり、入れさせてもらいます。チェーンのことは、すいませんでした」

「いや、いいよ」

「このメモは、どうしましょう」

「うーん。じゃ、記念にもらっとくか。郵便局の電話番号も書いてくれてるし」

メモを徳永さんに返す。

「では失礼します」

「筒井さんによろしく」

「伝えます。ありがとうございます」

バイクに乗って徳永さん宅を離れ、残りの配達にかかる。

軽快かつ慎重にこなし、四時すぎには局に戻ることができた。

が、やはり速さではかなわない。谷さんはすでに戻っていた。

もちろん、美郷さんもいる。

「おつかれ。平本くん、ごめんね。たすかった」

「火傷、だいじょうぶ?」

「こんなの全然。ジュッ!　あちっ!　その程度」

「足首は?」

「グリッ!　いてっ!　その程度」

その後、二人になったのを見計らって、美郷さんに徳永さんのことを話した。

「あ、そう。ならよかった」と美郷さんはあっさり言う。「ほら、ここんとこ、朝、寒かったでしょ？　ちょっとカゼ気味でね、何か体が重かったの。それで足を引っかけちゃって。案外簡単に切れちゃった。そのときに玄関のチャイムを鳴らしたんだけど、ほら、徳永さん、いつもいないでしょ？　どうしようかなぁ、と考えて、あのメモ」

よりにもよってこんな日に転んでしまって残念だ。そうでなければ、美郷さん自身が徳永さんと会えていたのに。

あの昭和ライジングの郡司さんとのこと。この徳永さんのチェーンのこと。

二つを合わせて考えれば、美郷さんが単に勝ち気なだけではないとわかる。いつもながら、感心する。自分にも甘くない。その線も、きちんと引ける人なのだ。

＊　＊

僕がアパートに住んでいたとき、春行は部屋の合カギを持っていた。そこで密会するため、合カギを百波に渡してもいた。

今僕が住んでいるのは実家。春行にとっても実家。カギは初めから持っている。合カギを百波に渡してはいない。まあ、そうだろう。母は戻ってこないが父は戻ってくる実家の合カギを、おいそれと人に渡すわけにはいかない。実家のカギはいいよ、と百波自身、言ったらしい。

だから、百波が先に一人で来るときは必ず僕に連絡するようになった。タレントさんを家の外で待たせるわけにはいかないので、その日は僕も急いで帰る。結果、家に帰ってドアを開けたら百波がいる、というようなことはなくなった。それはそれで、ちょっとさびしい。

今日は、春行と百波が初めて一緒に来た。しかも、同じタクシーに乗ってきた。ともに帽子をかぶってメガネをかけていたから、運転手さんにバレてはいないという。

急いでコンビニに行ってビールだのサワーだの梅のり塩味のポテトチップスだのを買いこみ、二人を迎えた。こんなときはいつも、代金はあとで春行がくれる。かかったのは三千円だと言っているのに二万円くれたりもする。

映画『リナとレオ』の公開前祝ということで、乾杯した。たまたまだが、僕も明日は休みだ。ゆっくり飲める。

「映画、ヒットするといいね」と春行に言う。

「そうなったらうれしいけど、まあ、そこそこだろうな」

「前評判はそんなに悪くないじゃん」と百波。

「おれはテレビの人間と見られてるから、その映画主演作を、金を払ってまで観に来てくれるかってことだよ。と、どこかの映画評論家が言ってた。楽しめるけど何も残らない、でも変に事故や病気で人が死なないことは評価できる、んだと」

「でもさ、テレビの人間だからこそ、うれしくない？」と、百波が梅のり塩に梅サワーで言う。「映画館のスクリーンに自分が映るんだよ」

「それは、うれしいな」

「CMも入んないし」

「上映前にまとめて見せられるけどな。で、あの映画泥棒のやつも見せられて、やっと始まる」

「舞台あいさつとか、あるんだよね？」と尋ねてみる。

「ああ。初日は都内各所をはしごだよ。同じことを何度も言わなきゃいけない。つまんねえから、ちょこちょこ変えるつもりだけど。試しに言ってみっか。『百波も喜んでます』とか、『同棲しちゃってます』とか。訊かれてもいないのに自分から言うのは、新しいかもな。で、ご本人登場ってことで、百波が出てくる」

「それはいや」

「福江ちゃんのほうはどうなの？　映画」と今度はその百波に尋ねる。

「もう撮り終わったよ。ハリウッドとかとちがって、こっちはそんなに時間かけないから。いいのか悪いのかはわかんないけど」

「それ、ほんと、わかんねえな」と春行も言う。「勢いで撮っちゃったほうがいいような気も、しないではないし。だって、普通、生活にムダな時間はかけないもんな。それを、撮るときだけ意味ありげに引き伸ばすのも変だ。時間て、何ていうか、こう、常に流れてるもんだろ」

「あ、それはちょっと深い」と百波が感心する。

「お、マジで？　おれ、深い？」と言うそれが例によって浅いが。

言っていることはわかる。時間は流れていく。だから人はその流れに乗ってしゃべってしまうし、動いてしまう。おれだけど、仕事でミスをしちゃってさ、と言われたら、案外簡単に二百万円を払ってしまう。

「そういえばさ」と百波が言う。「影山ミルフィーユも、映画に出るんだって」

「マジで？」と春行。「早ぇな。もう出れんのかよ。おれが出るのに何年かかったと思ってんだよ。というほどは、かかってねえけど」

「で、脱ぐんだって」

「マジで？」とこれも春行。「それも、早ぇな」

「だから出られたんでしょ。脱ぎますって言ったから」

「うーん。まあ、戦略としては、それもありかもな。人によるんだろうけど」

「その影山ミルフィーユと福江ちゃんは、結局、同じテレビ番組には出てないの？」

「出てないよ。話が来なかったのか事務所が断ったのかは知らない。訊いてないから」

梅のり塩味のポテトチップス。その二袋めを僕が開ける。三方から手が伸びる。それぞれに食べる。サクサク。サクサク。サクサク。

「もしもさ」と百波が春行に言う。「もしもだけど」

「ああ」

「わたしが映画で脱ぐって言ったら、どう？」

「いいんじゃね」

「いいの？」

「いいだろ。仕事なら」

「見ても、何とも思わない？」

「思わない。あ、けど、あれか、秋宏には見せたくねえか」

「何でよ」と百波が言い、

「何でよ」と僕も言う。

「身内は、やっぱ微妙だろ。親父と母ちゃんならそうでもねえけど、秋宏は、微妙だな。

何でだろう。歳が近いからかな」

「秋宏くんはもう見てるようなもんじゃん。わたし、バスタオル一枚でウロウロするし」

「そのバスタオル一枚が重要なんだよ。その一枚が、すべての均衡を保たせてるんだ。言ってみれば、平和の布だな」

「たとえ外れて落ちたところで、お互い、あっ！　と言うだけだと思うけど」

「その、あっ！　で世界は終わるんだよ」

「わたし、終わんないほうに百万」と百波。

「同じく終わんないほうに、えーと、十万」と僕。

「おいおい、秋宏。自信がないのかよ」

「そうじゃなくて。所得が低いんだよ。百万円をポンとは出せない。春行に借りるしかない」

「その賭けでおれに金を借りんなよ」

「あぁ。何かマズい」と百波が言い、

「何が？」と春行が言う。

「最近、春行のバカが秋宏くんにもうつっちゃってるような気がする。隔離が必要かも」

「もともと僕は頭がよくないよ。学校の成績も、春行のほうがよかったよね？」

「そうかも。おれは、ほら、バカに見せて、意外とやっちゃう子だから」

「って言うそれがもうバカだもんね。そういうことをいちいち言わないのが、秋宏くんの頭のよさなんだよ」

そういうことをいちいち言えるのが春行の頭のよさなのだと僕は思う。

「あ、そういや、秋宏さ」

「ん?」

「たまきさんとはどうなの?」

「どうって、普通だよ」

「普通って何だよ」

「だから、普通に付き合ってるというか」

「今日呼べばよかったのに」とこれは百波。

「そうしようかと思ったけど、仕事が立てこんでるみたいだから、声はかけなかった。この話自体、急だったし」

「次は呼べよ」

「うん」

「ちなみにさ、たまきさん、この家に来たことあんの?」

「いや、ない。いつも僕があっちに行くよ。ほら、場所もみつばだし」

「女子として、実家っていうのは来づらいかもね」と百波。

「何でよ」と春行。

「だって、やっぱりその家の匂いがするじゃない。実際にはいなくても、ご両親の気配を感じるし」

「てことは、何、お前も今、ご両親の気配を感じてるわけ？」

「ムチャクチャ感じてるよ」

「おれは感じねえけど」

「春行はこの家の人だからでしょ」

「秋宏は？　感じる？」

「うーん。気配をというよりは、むしろ不在であることを感じるというか。それが要するに、気配を感じるってことなのかな」

「親父と母ちゃん、ちがう意味で、いねえしな」

「今のもちょっと深い」

「マジで？　おれ、やっぱ深い？」

「春行じゃなくて、秋宏くん。いないことで気配を感じるってほう」

「あぁ。確かにそれは、感じるな。母ちゃんをこの家で見ることは、もうないかもしれないもんな。というか、ないんだよな」春行はビールを飲んで、続ける。「あ、そうそう。これ言わなきゃと思ってたんだ。秋宏さ」

「何？」

「母ちゃんのアパートに、今度はタバコじゃなく、ワイシャツがあったんだよ。あと、ネクタイもあった。タバコなら男と断言はできないけど、ワイシャツとネクタイなら決まりだろ。ブラウスじゃなく、ワイシャツ。で、ネクタイ。決定」

「また行ったの？」

「行った」

「またサイン？」

「そう。お客から注文が入ったらしいよ。おれのサインどうにかなんないかって。だから、ヒマを見て、届けた。サインの本人兼宅配業者だな」

「そしたら、あったわけ？　ワイシャツとネクタイが」

「あった。そのときもいきなりだったから、かなりあせったよ。ちょっと訊けなかった。見ないふりをした」

春行でさえそうなのだから、僕ならそれどころではなかったろう。あせりまくり、何とも不自然な動きをしただろう。

「やっぱそれが離婚の原因だったのかな。親父も母ちゃんもそうじゃないとは言ってたけど、実はそうだったのかも。考えたらさ、言わなくてもおかしくはないよな。母さんが浮気したので離婚します、なんてさ」

「うーん」

「ねぇ」と百波が口を挟む。「わたしの前でする話にしては重いんですけど」

「おれのカノジョとして、お前もちょっとは背負え」

「何それ」

言ってから、百波は少し黙る。軽く発せられた言葉に隠された重みを感じたらしい。

「あとさ、お前、安売りはすんなよ」

百波と僕は、ほぼ同時に気づく。先ほどの、映画で脱ぐことに関して言ったのだ。脱げ、や、脱ぐな、ではなく。安売りはするなと。

初主演映画の公開を前に。

珍しく深いよ。春行。

＊　＊

マズいなぁ、と思った。どうしようかなぁ、と。

できれば知りたくなかった。でも知ってしまった。破損したハガキを、見つけてしまった。よりにもよって、鎌田めい様宛のハガキ。笹倉桃さんが長崎から出したハガキだ。通常よりやや大きな絵ハガキ。だからこそ、おかしな形で区分機を通ってしまったのかもしれない。どこかで引っかかり、破れてしまったのだ。

不幸中の幸いだが。ちぎれてはいなかった。二ヵ所が破れただけ。ただし、一ヵ所は紙の半分ほどが破れている。ちょっと見過ごせる感じではない。

坂が多い町並み。その風景写真が、裂かれている。たぶん、名所ではない。漠然とした、町並み。笹倉桃さんは、あえてこの絵柄を選んだのかもしれない。

もちろん、お詫びの付箋《ふせん》は付けた。だが弱い。何せ僕は、北海道に住むお孫さんが九州旅行をし、みつばに住むおばあちゃんに絵ハガキを出したという事情を、すべて知っている。知っていることを、おばあちゃんに知られている。

おばあちゃんにはあまりかまわないでほしいと、鎌田将和さんに言われてもいる。

この場合はどうか。何をどうすれば、かまわないことになるだろう。難しい。

今回は、カレンダーではない。自分でこんなことは言いたくないが、親切の押し売りではない。むしろ謝らなければいけない。間を置かずにまた、にはなってしまうが、将和さんも、謝らないでほしい、とは言わないだろう。

ムーンタワーみつばにたどり着くまで、そんなことをあれこれ考えながら配達した。そのせいで何度か、あれ、今の合ってたか？　と、入れたばかりの郵便物を取りだして確認した。確認のため、バイクをUターンさせて戻りもした。非効率。つかえねえ、と谷さんに言われてもしかたない。

今日僕がみつば二区の担当になったのも何かの巡り合わせだ、と思う。一〇三号室から三〇〇四号室まで、六十戸。すべてへの配達をすませると、僕はインタホンの前に立つ。

午後十一時半。物量が少ないので、今日はいつもより早い。ボタンを押す。三、〇、〇、三。五秒ほどで、プツッと音が鳴る。

「はい」

「こんにちは。郵便局です」とゆっくり言う。「鎌田様。先日伺って、うどんを食べさせていただいた、みつば郵便局の平本です」

「あぁ。郵便屋さん」

「あのときはごちそうさまでした」

「あんなもので、何か申し訳なかったねぇ」

「いえ、おいしかったです。うどんもそうですけど、特にひじきが」

「ならよかった」

「それで、今日はまた別の用がありまして」

「カレンダー？」

「いえ」

「じゃ、何だろう。ハンコがいるかい？」

「いえ、それも結構です。えーと、ハガキが来てまして。できればそれを直接お渡ししたいんですが」

「あ、そう。じゃ、上がってきて。開けるから」

「ありがとうございます。伺います」

通話が切れ、ドアのロックが解かれる。今日も一階にあったエレベーターで、三十階へ。

ドアのわきにあるインタホンのボタンを押す。

今回はここでの応対が省かれ、すぐにドアが開く。

「こんにちは」

「はい、こんにちは。お世話さんね。こないだは、ありがとうね」

「こちらこそありがとうございました。それでですね、今日は、ハガキが一通来てまして。これなんですけど」

セロハンテープでどうにか補修したものを、おばあちゃんに渡す。テープは透明だから、長崎の町並みは見える。が、絵ハガキとしての見栄えは悪い。

「あれ、何か貼ってあるねぇ」

「お詫びの言葉なんですけど。ちょっと邪魔ですかね。一度とりますよ」

横から手を伸ばし、付箋をはがす。

おばあちゃんが絵ハガキを見る。裏。表。

「あぁ。桃からだ。旅先からくれたんだね。うれしいねぇ。でも横の字は小さくて読めないよ。郵便屋さん、読んでくれるかい?」

「はい。いいですか? 僕が読んじゃって」

「いいよいいよ」

ハガキを受けとり、右半分に書かれた文字を音読する。

「おばあちゃん。今、長崎です。北海道から九州。遠いけど、飛行機だから近かった。でもそのあとの特急と合わせたら、やっぱり四時間半。さすがにこっちはまだ寒くないよ。じゃあ、また今度ね。桃」

付箋を付け直し、ハガキを返す。

「はぁぁぁ」とおばあちゃんは感心したように、そしてうれしそうに言う。「長崎かい。おじいさんと一度だけ行ったことがあるけど、もう忘れちゃったねぇ。教会が多いんだよね」

「はい。坂も多いみたいですね。町自体が山の斜面にあるとかで」

「あぁ。そうだったかもしれないねぇ」

おばあちゃんが絵ハガキの写真をあらためて見る。近づけたり、遠ざけたりする。

「桃がこれをくれたから、郵便屋さんも、わざわざ届けてくれたのかい？」

「いえ、そういうことでは。郵便物を区分する機械を通ったときに破れてしまったみたいなので、お詫びをしようと思いまして」

「ん？　あぁ、このテープかい」

「はい。どうにか直そうとしたんですけど、それが限界で。ほんと、すいませんでした。せっかくの、桃さんからのおハガキなのに」

「しかたないよ。長崎から届けてくれただけで充分。桃もいいって言うよ」

言うだろうか。

「何だ。それでここまで上がってきてくれたのかい？」

「はい」

「すまないね。テープを貼ってくれたうえに、持ってきてもくれて」

「いえ。途中でこうなってしまったのは、こちらの責任なので」

「じゃあ、郵便屋さん、またうどん食べていきなよ」

「あ、いえ、それは。今日はお詫びに伺っただけですから」

「でもせっかく来てくれたんだしさ」

「いえ、ほんとに」

「じゃあ、せめてお菓子だけでも食べてってよ。わたしも、何も出さずにただ返すわけにはいかないから」

「でも」

「迷惑かい？」

「いえいえいえいえ」と連呼する。してしまう。

「上がんなくていいからさ、ちょっと食べてってよ」

上がんなくていい、というその言葉がこたえる。そんなの、謝りに来た僕がおばあちゃんに言わせることじゃない。

「じゃあ、すいません。玄関で、ちょっとだけ」

「よかった。すぐにお茶淹れるから」

ということで、玄関に入り、三和土との境の上がりかまちに座った。

バリアフリーだからか、段差がほとんどない。ゆえに、座りづらい。ここにこうして座るのも上がるのも同じであるように思える。が、やはりくつを脱がないことは重要だ。日本人にとって、そのちがいは大きい。くつを脱がなければ、上がったことにはならない。

おばあちゃんが、湯呑や菓子器が載せられたお盆を持ってきてくれる。よっこいしょと座る。床に正座。かえって悪い気がする。

「若い人の口には合わないかもしれないけどね。どうぞ、食べて」

「ありがとうございます。いただきます」

菓子器には、どら焼きと最中《もなか》とおかきが入っている。どら焼きと最中は個別包装だ。おかきは僕が好きな黒豆入り。おばあちゃん、ナイスチョイス。

まずはおかきを頂く。塩が利いている。少しもしけってない。おいしい。

「今の人は、あんこなんて食べないかい？」

「そんなことはないと思います。僕は好きですよ」

言ったからには、最中も頂く。まずは白あんのほう。

「あぁ。やっぱりおいしいです」そしてお茶を飲む。「合いますよね、お茶に」

「わたしなんかは、お茶しか飲まないからねぇ。息子はコーヒーを飲むけど」

そういえば、ダイニングキッチンにはコーヒーメーカーがあった。あれは将和さん専用なのか。

「たまに息子が淹れてくれたのを飲むと、おいしいことはおいしいんだよね。でも毎日は飲めないよ。ちょっと強すぎるね」

そう言って、おばあちゃんもお茶を飲む。きちんと両手で湯呑を持つ。上品というのとはまたちがうところで、感じがいい。

「あ、そうそう。郵便屋さんがこないだ来てくれたあのあとに、またうどんを食べたんだよ」

「カップうどんですか?」

「うん。同じの。それでね、ほら、何だ、あの、お湯を捨てるの」

「湯切り、ですね」

「そう。それをやってみたんだよ。初めのときは、郵便屋さんもいるからおいしいのかと思ったけど、やっぱりあれをやるとちがうね。おいしいよ。教えてもらってよかった」

「じゃあ、僕もよかったです」

本当にうれしい。正直、おせっかいなことをしたかと思っていたのだ。やりいいようにやっているおばあちゃんには余計なお世話だったかと。

自分でうどんを茹でなくなり、カップうどんを食べる。それはもしかしたら後退かもしれない。でも湯切りにチャレンジするのは前進だ。湯切りをしているおばあちゃんは、いい。想像するだけで、何か楽しくなる。

「でも火傷には気をつけてくださいね。お湯を捨てるとき、傾けたカップの下のほうを持つとあぶないですから」

「そうだね。気をつけるよ」そしておばあちゃんは言う。「桃もああいうのを食べるかねぇ」

「たまには食べてるかもしれませんね」

「湯切り、してるかねぇ」

「してると思います」

二十代でも、めんどくさがって湯切りをしない人はいる。でもビデオレターを送ってくれて、旅先から絵ハガキも送ってくれる笹倉桃さんが湯切りをしないとは思えない。

「郵便屋さん。遠慮しないで、どら焼きも食べてよ」

菓子器のなかでは親分格のどら焼きは一つしかないので、確かに遠慮していた。が、おばあちゃんのその一言で解除する。

「すいません。いただきます」

手にとって、包装のビニールを外した。賞味期限を一日過ぎていることに気づいたが、食べてしまう。やはりおいしい。

「今こんなのを食べたら、お昼を食べられなくなっちゃうねぇ」

「だいじょうぶですよ。お腹はきちんと減りますから」

「郵便屋さんは若いもんねぇ。それに動く仕事だし。いつも思うけど、大変だよねぇ。一日じゅう動きまわるんだもんね。雨の日も、風の日も。雪なんか降ったら、どうすんの？」

「タイヤにチェーンを付けて配達します」

「二輪でそんなことできるのかい？」

「できるというか、やりますね。まあ、スピードは出さないですから」

「桃がいる北海道の郵便屋さんは、ほんとに大変だねぇ」

「だと思います。まず、寒さがちがうでしょうし」

「そうだねぇ。ほんと、ご苦労さんですよ。郵便屋さんも、気をつけてね」

「ありがとうございます」

さてそろそろかな、と思う。引きあげどきかな、と。

おばあちゃんがふうっと息を吐く。そして言う。

「あれ、何か変だねぇ」

「はい？」

「ちょっと、胸が苦しいね」

「え？」

「おかしいねぇ。困ったねぇ」

おばあちゃんが胸に手を当てる。体を丸める。呼吸が速くなる。

「ごめんねぇ。横になるね」

「はい」

おばあちゃんは右手を伸ばし、上腕を枕代わりに身を横たえる。その場に。床に。

しゃべらせてはいけない、と思った。腰を浮かせて向き直り、野球のキャッチャーのようにしゃがむ。おばあちゃんの様子を窺う。

呼吸はある程度以上には速まらない。もとに戻りもしないが、速めのところで一定する。目は開けている。開けたり閉じたりしている。

救急車、という言葉が浮かぶ。これまで一度も呼んだことはない。呼ぶべきかもしれない。一一〇番ではなく、一一九番。ケータイからも、呼べたはず。

「救急車を、呼びますか？」

努めてゆっくり息を吐いたあとに、おばあちゃんは言う。

「いいよ。何ともなかったら、息子に怒られちゃう」

「でも」

「こうしてれば、治るよ」

治ったとしても。

「ごめんね。郵便屋さん。仕事に戻ってよ」

「いえ。まだいます。フトンを敷きますか？　僕がやりますよ」

こうなったら、上がるも上がらないもない。無理にでも、上がるしかない。

「だいじょうぶ。ちょっと落ちついたよ」

そうは見えない。

「今日はもう休むよ。明日、二階堂《にかいどう》先生に診てもらう」

「二階堂内科医院の、先生ですか？」

「うん」

「今日行きましょうよ」

「今は、無理だねぇ」

玄関のドアにカギをかけて。エレベーターに乗って。外に出て。歩いて。一人では無理だろう。

「僕が一緒に行きますよ」

「え?」

「僕がついていれば、行けますよね?」

「でも、悪いよ」

「気にしないでください。すぐ近くだし、何でもないですよ。それで配達が遅れるなんてこともないです。行きましょう、一緒に」

「いいのかい?」

「もちろんです。でも、あわてなくていいです。僕はちっとも急ぎませんから。もう少しこのまま横になっててください。起き上がれるようになったら、行きましょう」

「ありがとうねぇ。ほんと、申し訳ないね」

「いえ。こちらこそですよ」

本当に、こちらこそだ。大切な絵ハガキを破ってしまったことで僕は来たのだから。

そのうえお茶にお菓子まで頂いたのだから。将和さんにはああ言われていたにもかかわらず。

おばあちゃんは、十分ほどで落ちついた。そして、ゆっくりと身を起こす。

「郵便屋さん。悪いから、やっぱりいいよ」

「いえ。行きましょう」と僕は言った。

＊　＊

その週の土曜日。僕はみつば二区を担当することを自ら希望した。具体的には、小松課長の許可を得て、早坂くんと担当を入れ替えてもらった。もちろん、早坂くん自身の許可も得た。理由は濁した。二区の受取人さんに頼まれごとをしてたので、とだけ言った。

ムーンタワーみつばに行きたかった。行って、おばあちゃんの無事を確認する。同時に、鎌田将和さんに事情を説明し、お詫びをする。三十階に上りはしない。一階のインタホンですませる。大げさなことにはしたくない。

正午前。さてどう切りだそうかなぁ、と思いつつ、ムーンタワーみつばのエントランスホールに足を踏み入れた。踏み入れて、止める。そこに将和さんがいたからだ。

「あ、どうも。こんにちは」

「こんにちは。ご苦労さま」

「ちょうどよかったです。インタホンでちょっとお話ができればと思ってました」

「ぼくもそう思ってたよ。インタホン越しにじゃなく、話をしたいと思ってた。だから下りてきた。たまたまここにいたわけじゃないよ。君はだいたいお昼前に来ると、母に聞いてたんだ」

「それは、すいません」

「謝るのはこっちだ。すまなかったね。いや、ちがうな。お礼のほうが先か。母を内科医院に連れていってくれて、どうもありがとう」

「いえ。またおばあちゃんの、じゃなくて、鎌田さんのところへ伺ってしまったので、結果、そんなことに」

「それも聞いたよ。桃の絵ハガキのこと」

「そうですか。すいませんでした。ちょっと破れてしまいまして」

「そんなこともあるでしょ。一日何万と扱うんだろうから。それはしかたない。紙は破れるよ」

「そう言っていただけると、たすかります」

「局に電話をかけようかとも思ったんだよ。でもそれですませることじゃないと思い直した。電話で呼びつけるのも失礼だしね。といって、こちらが郵便局に出向いたところで、君には会えないだろうし」

「そうですね。配達に出てますので」

「だから、こうやって待ってた」

「そうでしたか。すいません。お待たせしました」

「いやいや。こちらが勝手にしたことだよ。悪い言葉で言えば、待ち伏せだ」

もう、鎌田さん、じゃなくていいや、と思い、言う。

「おばあちゃんは、だいじょうぶですか？」

「だいじょうぶ。ただ、今は入院してる」

「え？」

「医院で先生に診てもらってるときに、またちょっと苦しくなったみたいでね。救急車でみつば海浜病院に運ばれたんだ。くわしい検査をしたほうがいいだろうという、二階堂先生の判断で。もともとね、体はそんなに強くないんだよ」

「あぁ。そうなんですね」

「その検査の結果がさっき出た。おかげさまで、だいじょうぶだったよ。いや、強くはないから、万全ではないんだけど。でも今回のこれでどうということはないよ。午後にもう一度行って、退院の手続きをしてくる」

「それは、よかったです」

「その前に、とりあえず君にお礼と報告をしておこうと思ったんだ。こないだ会ったのも土曜だったから、今日なら会えるかもってことでね」

「わざわざ戻ってきてくれたんですか?」

「いや、まあ、ほら、母も、今日の夕方までは病院にいられることになってるから」

だとしても。戻ってきてくれたわけだ。

「じゃあ、今は、おばあちゃん、お元気なんですよね?」

「うん。意識はあるし、苦しんだりもしてないよ。だいじょうぶ」

あの日、おばあちゃんが僕の前で身を横たえたのは、正午前だった。

医院の診察は、午前は正午まで、午後は三時から。だから僕が電話をかけて、事情を説明した。ではお待ちしてますのですぐにいらしてください、と言われた。おばあちゃんを急かすわけにもいかず、医院に到着したのは十二時十五分すぎになってしまったが。

外からのノックの音を聞いて、入れてくれ、診てくれた。たすかった。

「ストレスが大きかったんじゃないかって、みつば海浜病院の先生に言われたよ。わからないでもないんだ。何せ八十二歳で、三十階だからね」

「おばあちゃん、八十二歳なんですか。若く見えますね」

「ぼくには年齢どおりに見えるよ。本人のためだと思ったんだけど、やっぱりいやだったのかな、マンションは」

それは何とも言えない。僕がどうこう言うことでもない。

「昔はね、団地に住んでたんだよ。母と父との三人で。エレベーターもない、五階建ての狭い団地。その一階。団地なんだからせめて上の階に住みたかったんだけどさ、父がいやがったんだ。階段の上り下りが面倒だからじゃなく、高いとこが苦手だから。冗談みたいな話だけど、事実だよ。家族で東京タワーに行ったときも、展望台には、母と二人で上ったからね。父は一人、一階で待ってた」

「無理な人は、本当に無理らしいですもんね」

「で、中学のときだな。やっと念願の一戸建てに引っ越したんだ。でもこれが何と平屋でね。正直、がっかりしたよ。二階すらないのかって。まあ、これはほかにも理由があったんだ。まず、ぼくが一人っ子で、部屋がいくつも必要ではなかったこと。あとは、そのもの、経済的に余裕がなかったこと。さすがの父も、一戸建ての二階までこわがりはしなかったんでね。そんなだからさ、ぼくには、いつか高いとこに住むぞっていう、変な野望があったんだな。逆に言えば、そういう気持ちがあったからこそ、どうにかがんばれたんだけど」

「会社を、経営なさってるんですよね」

「うん。で、その会社が軌道に乗ったころに、タワーマンションなんていうのがじゃんじゃん建ちはじめて。最近ようやく、そこまでの金持ちでなくても手が届くようになってきたからさ、まあ、買っちゃったよね。初めから最上階狙いで」

「三十階は、段ちがいに高いですよね、みつばなら、どこにいても見えます」

「慣れちゃうけどね、高さには。でも母は、慣れなかったのかな」

やはり何とも言えない。おばあちゃん、慣れてはいなかったかもしれない。でもあちこちにカレンダーを飾り、慣れようと努力してはいた。自分では操りきれないストレスのほうが先に来てしまった。そういうことだと思いたい。

「君は、何歳?」

「二十七歳です」

「お母さんは、元気?」

「はい。会社で働いてます」

「主婦じゃないんだ」

「ええ」隠さずに言ってしまう。「父とは離婚したので」

「あぁ。そうなのか」

「はい。といっても、離婚する前からずっと働いてはいましたけど」

「そういうパターンも、あるんだろうね。いや、ごめん。パターンなんて言っちゃいけないな。ぼくの娘のことも、母から聞いたよね？　桃」

「はい」

「じゃあ、僕が離婚したことも、聞いてるか」

「くわしくではないですけど」

「言っちゃうんだよなぁ、母は。信用した相手には、そんなことまで。だからだまされちゃうんだけどね」

「すいません。僕がお邪魔したばっかりに」

「桃の親権はとられちゃってるから、会えない時期もあったんだよ。でも成人して、母とは連絡をとり合うようになった。ぼくとはとらないけどね、母とはとるんだ。たった一人の孫で、かわいがったからね、母は。まあ、甘すぎたようなとこもあるけど」

「僕がこんなことを言うのも何ですけど。優しいお孫さん、というか娘さん、ですよね」

「そう思うよ。ぼくがいなくなってよかったのかも、とも思う」そして将和さんはこう続ける。「君が母のことを心配してくれるといけないから言うけどね。ぼくは再婚するんだよ」

「そうなんですか」

「母、そうは言ってなかった？」

「はい」

「じゃあ、その再婚もいやなのかな」

「そういうことではないかと」

将和さんは少し笑って、言う。

「うん。正式に決めたとはまだ話してないから言わなかったんだと思うよ。でも今回のこれで、正式に決めた。幸いね、相手は母と気が合うみたいなんだ。ここで三人で住むことも了承してくれてる。そうでなきゃ、とても再婚する気にはならなかったと思うよ」

「ちょっと気が早いかもしれませんけど。おめでとうございます」

「だいぶ気が早いね。でもありがとう。まさか郵便屋さんに祝福してもらえるとはね」

居住スペースとの境にあるドアが開き、住人らしき六十代くらいの女性が出てきた。

将和さんが会釈をする。僕もつられて会釈をする。どうも、と小さく言って、女性はエントランスホールから出ていく。

「あのとき、君がいてくれて、本当によかったよ。考えたんだ。もし君がいてくれなかったら、母はきっと医院に行かなかった。その前にまず、玄関から動けなかったかもしれない。一晩ずっと、そうだったかもしれない。カゼを引いて、そのまま肺炎になってたかもしれない。もっといやなことになってたかもしれない」

「でも僕がいたのはたまたまですし」

「そう。たまたまなんだよ。母が母で、君が君だったからこそのたまたまだ」

「はい」

「ぼくは今、五十五なんだけど。いい歳をして、母に泣かれたよ。病室で。『電話の声をあんただと思ったのはわたしが悪い。お金をだましとられたのもわたしが悪い。でもわたし、そういうの、いやだよ』って」

「そういうの」

「人を見たら悪人と思う、というようなことだね。誰をも疑ってかかると。たとえ郵便屋さんでもね」

「基本的にはそれでいいんだと、思いますけどね」

「ぼくもそう思ってた。でもどうなんだろう。わからなくなったよ。君があの場にいてくれたのは、もしかしたらたまたまではなかったのかもしれない。そういうことは、全部が全部、つながってるのかもしれない。ビジネスもそうなんだよ。ものすごくツイてて、それで利益が上がることもある。事実、ウチもそうだった。ただ、それはやっぱり、最低限の土台と、そこまでの積み重ねがあるからなんだ。苦い失敗をも含めた、積み重ねだね」

「わかるような気がします。ビジネスのことはよくわからないですけど、そっちの、積み重ねのほうは」

「母にかまわないでほしいと言ったのは取り消すよ。仕事そっちのけでかまってくれとは言わないけど、何というか、普通には見てほしい。君がいいと思うようにしてほしい。お願いします」

そう言って、将和さんは、息子と言ってもおかしくない歳の僕に頭を下げた。

「こちらこそ、よろしくお願いします」

そう言って、僕も頭を下げる。父親と言ってもおかしくない歳の将和さんよりも、深く。昔体育の授業でやらされた、立位《りつい》体前屈《たいぜんくつ》をやるみたいに。

あけまして愛してます

日めくりカレンダーというものがある。鎌田めいさん宅にあるような、一ヵ月や二ヵ月で一枚のカレンダーではない。三百六十五枚もしくは三百六十六枚あり、一日一枚ずつめくるあれだ。

郵便局の年末は、あのカレンダーをめくっていく感じになる。一枚一枚をビリビリと破り、一日一日をどうにか乗り越えていく。

年賀の短期アルバイトさんがたくさん入り、局内がにぎわう。というか、あわただしくなる。一月一日の配達を待つ年賀状が、日を追ってたまっていく。元日の朝は、それら、ためにためた年賀状が、一気に町を行き交う。その様は壮観ですらある。

さすがに、年末はいつものようには休めない。とはいえ、一日はあっという間に過ぎる。局にいるなぁ、と思っていたら、日が替わってまた局にいる。今日が何日の何曜かと訊かれてもすぐには答えられない。それこそカレンダーが必要。と、そんな具合。

僕ら社員は、アルバイトさんの指導に追われる。年末年始だけだから、アルバイトさんが配達のエキスパートになれるはずもない。そつなくこなす人もいるが、誤配をしてしまう人もいる。その後処理もしなければならない。だから僕らは主に書留などの配達を担当し、あとは遊軍として動く。それでも結局、いつもよりはずっと忙しくなる。

年賀の短期アルバイトさんは、高校生が多い。当然、皆、バイクの免許は持ってない。配達は自転車ですることになる。四葉やもっと遠い区にも、自転車で行ってもらう。配達の一軒めにたどり着くまでに十五分かかることもある。一人で一区は持てないから、一区に二人入れたり、半分は僕らが持ったりする。

その日は、四葉の二人のうちの一人が体調を崩して休んだので、みつばの子たちを見ていた僕が急遽配達に出ることになった。急遽は急遽だが、年賀期間には何でも起こり得る。想定内ではあった。

四葉のその子は前日から体調がよくなかったらしく、無理はしないようにと美郷さんが言い聞かせていた。責任感が強く、無理をしてでも出てきてくれそうな子だったので、もしインフルエンザだったりすると逆に困るの、ときちんと説明した。

すいません。熱が出ちゃいました。インフルエンザかどうかわかんないけど、これから病院に行ってきます。と、朝、本人から電話がきた。その手の電話は親御さんがかけてくることも多いだけに、そういうのはちょっとうれしい。

四葉のもう一人の子は初めから休みになっていたので、そちらは美郷さんが持つ。で、電話をかけてきてくれた子の分を、僕が持つことになった。わたしがフルで四葉をまわればすむ話じゃない、と美郷さんは言ったが、今日のみつばは余裕があるから僕も出るよ、と返した。そうしておけば、何かあったときに柔軟な対応ができる。

というわけで、久しぶりに四葉の配達に出た。

感覚として、この時期はよく晴れる。空気が澄み、空も青々としている。そこだけを見れば、夏かと思うほどだ。体は冷えるわ洟《はな》はたれるわで、実際には思えないけど。

四葉には珍しい三階建てのアパート、フォーリーフ四葉に差しかかったのは、午前十一時すぎ。

ここの二〇三号室には、今年の三月まで、四葉小の栗田友代先生が住んでいた。今井貴哉くんの担任だった人だ。今は、高木志織さんという人が住んでいる。三十歳前後。顔は知っている。カレンダーではないが、一度、郵便受けに入らないものを手渡ししたことがあるのだ。すいません、ご丁寧に、と言ってくれた。感じのいい人だ。

ここは三階建てなので、一階の隅に集合ポストが設置されている。だから、大変そうに見えて、配達は二階建てのアパートよりも楽だ。

各階四戸、全十二戸のうち、郵便物があったのは五戸。それぞれの郵便受けに入れ終えると、僕はバイクに乗って走り去った。

のだが。

ちょっと気になるものを見た。バイクのミラーに、人の姿が映ったのだ。集合ポストに駆け寄る人の姿が。

建物の横にある駐車場。そこにその男性がいることは初めからわかっていた。七台駐まっていた車の一台のわきに立ち、ケータイを耳に当てていた。でもしゃべってはいなかった。それはそれでおかしくない。留守電を聞いていたのかもしれない。

ただ。僕がそちらに目をやるとあわてて背を向けたのが気になった。それまでは僕を見ていた、様子を窺っていた、という感じが大いにあった。そして僕が走り去ったら集合ポストに駆け寄るのだから、あやしいと言わざるを得ない。

まあ、配達という僕の仕事は完了したのだから、ほうっておいてもかまわない。そのまま次の配達先に向かってもかまわない。

わかってはいても、そうはできないのが人間だ。

カーサみつばの二階からたまきの洗たく物が飛ばされたときのように、Uターンした。僕というやつはやっぱりここで戻ってしまうんだなぁ、とあきらめ気味に思いつつ。

先ほどとはちがい、バイクは駐車場の外に駐めた。要するに、離れた位置にだ。そしてエンジンも止め、キーを抜いた。念のため、後ろのキャリーボックスのカギもかける。

さすがに緊張した。足音を潜め、寄っていく。知人に対してふざけて、ではなく、知らない人に対して真剣に足音を潜めるのはこれが初めてかもしれない。

男性は僕に背を向けている。つまり、集合ポストに何かしている。集中している感じが、背中から伝わってくる。その背中は丸い。小太り。モコモコのダウンジャケットを着ているからか、余計にそう見える。

男性が、ふっと短く息を吐く。丸めていた背中がもとに戻る。少し背が伸びる。それでも僕よりは低い。

「あの」と声をかける。

「あぇっ」と不明瞭なことを言って、男性は振り向く。

初めてはっきり顔を見る。驚いたというよりはおびえた表情を浮かべている。四十歳前後。コワモテではない。むしろソフト。

「みつば郵便局の平本といいます」とまずは名乗る。「何をなさってるんですか?」

「あ、いえ、何をって、何も」

そう言うが、手には封書を持っている。それと、定規。長さ二十センチぐらい。アクリル製の、透明な定規。ただし、端にガムテープが付いている。輪をつくって両面テープにした、ガムテープだ。

ぴんとくる。こないわけがない。僕自身、考えたことがあるのだ。アパートのドアポストにまちがえてお隣の郵便物を入れてしまったときに。どうにか回収できないものかと。

そう。あれもたまき絡みだった。三好たまき様宛の郵便物を、隣に入れてしまったのだ。すでに転居して空室になった、隣の部屋のドアポストに。

もちろん、考えただけで、実行はしなかった。倫理的に、できなかった。どんな事情があれ、郵便配達員がやっていいことではない。

それをこの男性は。やってしまった？

「あ、いや、ちがうんですよ」

男性がひどくあせっている分、僕は冷静になれた。ほとんどの住人が、郵便受けにはダイヤル錠を付けている。指ぐらいは入れられるが、なかの配達物は抜きとれない。それを見越しての、ガムテープ付き定規。計画的ということだ。

たかだか二、三分前に自分で入れたのだから、覚えている。男性が手にしている封書は、二〇三号室の高木志織様宛のものだ。

「それは、僕が入れた郵便物ですよね？」

「そうなんですけど、ちがうんですよ」

いきなり殴られる、ということもあるかもしれない。定規が凶器に早変わり、ということもあるかもしれない。また少し緊張が走る。

「あぁ、参った」

「郵便物を、郵便受けからとったわけですよね?」

「そうなんですけど。本当にちがうんですよ。そういうあれじゃないんですよ」

「説明してもらえますか?」

「いえ、それは」

「僕は配達員なので、自分が配達したものをとられたら、見逃せません」言いたくないが、言うしかない。「これは、通報していいことだと思いますよ」

「通報?」

「警察に」

「いやいや。それはちょっと」

警察。一一〇番にかければ、みつば駅前交番から中塚さんや池上さんが来てくれるのだろうか。来るまでは、どうすればいいのか。男性が逃げようとしたら。僕が対処するのか?

「勘弁してください。ほんとに、ちがうんで」

「どうちがうのかを、説明してくれませんか?」

「えーと、これは、ぼくが出したんですよ」

「はい?」

「差出人はぼくなんですよ。ぼくが高木さんに出したんです。ここに住む高木志織さんに」

「それを、どうして」

「あの、どうしても取り戻したくて。何ていうか、あまり望ましくないことを、書いてしまったので」

「望ましくないこと」

「といっても、恐喝めいたこととか、そういうのではなく」

「だから自分で取りに来たんですか?」

「はい」

困った。即通報、の感じでもない。

「そのことを、証明できますか?」

「はい?」

「そちらが差出人さんだということを、証明できますか？」

「あぁ。えーと、免許証があります。それを見せればいいですか？」

「そうですね。まずは」

男性がズボンのポケットから財布を取りだし、さらにそこから運転免許証を取りだす。

「これを」

封書と一緒に受けとる。先に封書を見る。

フォーリーフ四葉二〇三、高木志織様。まちがいない。僕が入れたものだ。

「裏に自分の名前を書いてよかった。実は迷ったんですよ、どうするか。でも書かなかったら高木さんに不安がられると気づいて。それで書きました」

そう言われても、なのだが。そうは言わずに裏を見る。住所は、東京都日野市。そのあとに名前が書かれている。市川邦彦《いちかわくにひこ》。

「日野市からここまで来たんですか？」

「はい。ちょっと遠かったです。二時間以上かかりました」

「でしょうね」

「ＪＲでみつばまで来て、そこからはバスで」

「私鉄の四葉駅からなら、歩けますよ」

会話が妙だ。今この市川邦彦氏と僕がするべき会話ではない。のんき過ぎる。

続いて、運転免許証を見る。確かに、市川邦彦と書かれている。住所も日野市。合っている。生年月日からすると、四十歳。見た目どおりだ。顔写真も、そのくらいに見える。となれば、やや老け顔ということか。写真はもう少し前に撮られたはずだから。

「わかりました」と市川邦彦氏に運転免許証だけを返す。「でも、だから問題ないとは言えません」

「そのとおりだと、思います」

「取戻し請求というやり方もあるんですよ」

「みたいですね。でも、確実に取り戻したかったので」

フォーリーフ四葉はたまたま三階建てで、集合ポストが設置されていた。ドアポストだったら、その長さの定規による回収は無理だったかもしれない。市川邦彦氏にとっては幸運だったということだ。受取人の高木志織さんと配達人の僕にとっては不運だが。

「もう少し説明してもらうことは可能ですか？」

「えーと、はい。そうですよね。するべきですよね」

市川邦彦氏はガムテープをはがし、クニャクニャッと丸める。そして肩にななめ掛けしていたバッグに、定規もろとも収める。

証拠の品は押収するべきだったか、と思う。だが僕は警察官ではない。

「恥ずかしながら、ラヴレターなんですよ、これ」

「ラヴレター」

「はい。高木さんへの。彼女、会社の同僚なんです。というか、同僚だったんです。異動したんですよ。今年の四月に。こっちの支社に」

「それで、ここに転居したわけですか」

「ええ」

「今これを出されたということは。お付き合いをなさってたわけではないんですよね?」

「ですね。親しかったとぼくは思ってますけど、そういう親しさではなかったです。異動になって、すごく残念でしたよ。そのうちあきらめるんだろうなと、自分で思ってました。でも、あきらめられないんですよ。むしろ思いが募るというか、仕事中も彼女のことばかり考えるようになっちゃって」

わからないではない。そういうこともあるだろう。たとえ四十歳でも。

「郵便屋さんはモテるでしょ?」

「はい?」

「郵便屋さんは、女性にモテますよね?」

「いえ、そんなことは」

「うそですよ。モテないわけがない。春行に似てるし」

「似てますか?」

「似てますよ。声をかけられたとき、うわ、何で春行? と思いましたもん。似てるとは、言われますよね?」

「多少言われます」

「自分で言うのも何ですけどね、ぼくはモテませんよ。付き合うところまで、まず行かない。行ったことがないとは言いませんけど、最後にはフラれます。三十代からは、半ばあきらめてたんですよね。で、もう四十ですよ。年が明けたら厄年。だから自分にムチ打って、今年のうちにどうにかしようと決めました」

「どうにか」

「はい。といっても、毎晩仕事のあとにビールを飲んで、あれこれ考えるだけ。それでついに、酔いにまかせて手紙を書いたんですよ。もう、思いのたけをすべて書きました。ぼくが異動してきたその日から好きでしたとか、休憩のときにもらった缶コーヒーの味が忘れられませんとか。仕事でミスをしたときに励まされたことがどれだけ力になったかとか、帰りに同じ電車に乗り合わせて話したときにどれだけ楽しかったかとか」

「それは、何というか」

「ひどいもんですよ。自分でもわかってます。ほんとにひどい。偶然同じ電車に乗り合わせたんじゃなく、実はぼくが彼女のあとを追いかけてたなんてことまで書きましたからね。ヘタをすればストーカーですよ。ヘタをしなくてもストーカーかもしれない。でも書いたときは、そこまで明かせば気持ちが伝わるだろうと思ってるんですよ。酔ってるから。で、ここは思いきりが大事だな、とも思っちゃって。酔ってるうちに、つまりその夜のうちに、手紙をポストに出しに行きました。寒いのにわざわざ。厄年だぞ厄年だぞ、と自分に言い聞かせて」

　市川邦彦氏を見て、手にした封書を見る。思いを抱いた人と、思いが形になったもの。その二つを見くらべる。

「厄年がどうというのは、考えなくてよかったんじゃないですかね」

「うーん」

「お酒を飲んでないときに、普通に手紙を書けばよかったんじゃないですか？」

「でも酔ってたから書きだせたみたいなとこもあって。ワープロじゃなく手書きにしようと思えたんですよ。ほら、よく言うじゃないですか。手書きのほうが気持ちは伝わるって」

「言いますけど」

「で、次の日になって、ヤバい、と思ったんですね。酔いがすっかり醒めて。うわ、手紙、出しちゃったぞ、と。下書きのメモが少し残ってたから見てみたら、これがほんとにヤバいんですよ。若い人たちが言ういい意味のヤバいじゃなくて、僕らが言う、そもそものヤバい。会社でも、ヤバいヤバいと、一日考えてましたよ。彼女が異動したとはいえ、同じ会社の社員ではありますからね。ほんとにストーカー扱いされてもおかしくない」

高木志織さんが異動して九ヵ月近く経っているというところが、逆に生々しい。ありそう、と思える。

「だから昨日のうちに有休の申請を出して、今日はこうしてここに」

「でも、何時に配達されるかなんて、わからないですよね？　ずっといるつもりだったんですか？」

「ずっといるつもりでした」

「何時からいたんですか？」

「九時半から、ですね。それより早いことはないだろうと思ったんで」

「逆に、午後四時ぐらいに来てもよかったんじゃないですか？　そうすれば、配達は終わってますよ」

「でも彼女が手紙を手にしちゃってるかもしれないですよね。例えばぼくと同じく有休をとってたとかで」

「可能性は低いと思いますけどね」

「低いくらいじゃダメなんですよ」

「わかりますけど。いえ、わかっちゃいけないですね。わかりはしないです」

いよいよ困った。僕はどうするべきなのか。

他人の郵便受けから郵便物をとるのは、立派な犯罪だろう。でも差出人がとった場合はどうか。差出人にはあくまでも差出人としての権利があるだけ、かもしれない。だが差出人なら、差し出さない権利だってありそうだ。勉強不足。わからない。

何であれ。ガムテープ付きの定規でダイヤル錠付きの郵便受けからとりだすというやり方はいただけない。いただけないが。手紙を回収することで、高木志織さんに何ら実害はないようにも思える。

幸いにも、僕が現場に居合わせ、見とがめた。事情説明を求め、それは果たされた。市川邦彦氏が実は本物のストーカーである可能性がないとは言えない。本物だが、この手紙はさすがにマズいと考え直し、回収に来た。あり得なくはない。でも、会って直接話を聞いている僕自身が、それはないだろうと思っている。

このまま何もしなかったら、僕はみつば駅前交番の中塚さんや池上さんに怒られるだろうか。そうでなければ、みつば郵便局の役職者である小松課長に怒られるだろうか。

ここは自分の判断で動くべき。その代わり、責任は持つべき。そんな気がする。いつまでも他人まかせではダメだろう。僕も来年度は十年め。自分の判断で動けないのであれば、仕事をこなせているとは言えない。

「こういうことはもう二度としないでください」と、僕は十三歳上の市川邦彦氏に言う。「せめてほかのやり方を考えてください。自分が配達した郵便物をとられるのは、仕事を否定されたみたいで気分がよくないです。だからしないでください。お願いします」

「わかりました。本当にすいませんでした」と、市川邦彦氏が十三歳下の僕に頭を下げる。

「しないでいただけるなら、もういいです」

そう言って、市川邦彦氏に高木志織様宛の封書を返す。

「高木さんには、言わないでもらえますか?」

「それは僕の仕事ではないです」

「ありがとうございます」

「お礼を言われることでもないです」

「はい。余計なことは言いません。密かに感謝します」

その言葉に、つい笑った。

この人、本当に四十歳だろうか。さっきの免許証、偽造じゃないでしょうね。いやいや。あんな精巧な偽造ができるのなら、ガムテープ付きの定規をつかったりはしないか。

そう考え、さらに笑う。

「何ですか？」と訊かれ、

「いえ、別に」と答える。

そしてふと思いついたことを口にする。

「市川さん」

「はい」

「年賀状は、出しますよね？」

「はい？」

「年賀状は、毎年、親しい人やお世話になった人に、出しますよね？」

「あぁ。はい」

「じゃあ、年賀状なら、高木さんに出してもおかしくないですよね？」

「そう、ですね」

「そこに『あけまして愛してます』なんて書いちゃうのはどうですか？」

「え？」

「年賀状に書くんですよ。サラッと」

ひどい。思いつきも思いつき。配達人と差出人兼回収人が穏やかに別れるために口にしただけのもの。春行ならこんなことを言うかなぁ、と思って口にしただけの、戯《ざ》れ言《ごと》。

でも市川さんは言う。

「それ、いいですね」

「いえ、冗談です」

「いや、悪くないですよ。それこそ冗談ぽい感じも出せる。年賀状ならオープンだし、私的な文書という感じは薄まりますよね。そこにそう書けば、冗談とは言いきれない感じは残る。すごいですね、郵便屋さん。やっぱり年賀状を扱ってる人はちがうな」

本気で言っているのか何なのか。まあ、いい。市川さんは市川さんなりに、僕との穏やかな別れを模索していたのだろう。

「ではこれで」

もう二度としないでください、を最後にもう一度言おうかと思ったが、やめにした。

そのダメ押しは、何かヤラしい。

本当は言うべきだろう。そのあたり、僕はやはり甘い。でもその甘さにも自分で責任を持てるなら、それはそれでいい。

＊　　＊

体調を崩してアルバイトを休んだ子は、幸い、インフルエンザではなかった。さすが十代。熱はすぐに下がり、一日休んだだけで出てきてくれた。

だが今度は、みつば一区の子が休んだ。カゼをひいたので今日明日休ませます、とその子のお母さんが電話をかけてきた。明日は明日の体調を見て電話をかけてほしいところだが、まあ、そうも言えない。実際、電話を受けた小松課長は、お大事にしてください、とだけ言ったらしい。

もちろん、これも想定内。どうにか対応した。

が、これが続くようだとキビしい。

そこへ、救世主が現れた。何と、荻野くんが電撃復帰したのだ。九月に無断欠勤をした挙句やめてしまった、あの荻野武道くんが。

短期アルバイトさんは、毎日の朝礼には参加しない。出勤したらすぐ配達に出る。そこまでの準備は、僕ら社員がする。あくまでも短期アルバイトさんだから、それは荻野くんも同じだ。

でも荻野くんは、配達に出る前のわずかな時間をつかい、僕ら一班の者たちにあいさつした。

「前回はすいませんでした。反省してます。もう一回、自転車からやってみます。よろしくお願いします」

課長が応えた。

「荻野くんは経験者だから即戦力。大きな戦力だ。期待してます。がんばってな」

「はい。ありがとうございます」

パチパチと拍手が起きた。歓迎の拍手だ。ただし抑えめ。荻野くんだけ特別扱いするわけにはいかない。

輪がばらけたあと、荻野くんは谷さんのもとに歩み寄った。

先に口を開いたのは谷さんだ。

「どうも。局の谷とかいうやつです」

荻野くんがつぶやいたあれ。局の谷とかいうやつムカつく。それを持ちだしたわけだ。

何ともキツい冗談。冗談ともとりづらい冗談。谷さんらしい。

それを聞いて、美郷さんが笑った。美郷さんが笑うことで、強ばった荻野くんの表情もほぐれた。ほぐれ、ほぐれ、またすぐに締まる。

「ほんと、すいませんでした。軽い気持ちであんなことを。甘かったです」

「平本に教わったやつはみんな甘くなんだよ。だからお前と平本のせいだ」

「そうそう。荻野くんと僕のせい」と乗っかる。「四六で、僕かな」

「それは酷ですよ。四・九対五・一で平本さん、じゃないですか？」と早坂くん。

「ギリで平本くんの負け」と美郷さん。

「でもお前さ」と谷さんが荻野くんに言う。「何でチャリなの？　バイクに乗れんだから、乗りゃいいじゃん」

「いや。また転んだりして、迷惑をかけるといけないですから」

「転ぶ前提でいるなよ。まあ、いいけど。好きにやれよ。好きに、ちゃんとやれよ」

「はい」

三ヵ月のブランクがあるからどうかとも思ったが、自分が住んでる町だから全然忘れてませんよ、と荻野くん自身が言うので、通区は必要なしということになった。多くの高校生たちに交じり、荻野くんは自転車でみつばの町へと出ていった。

この日の僕は、みつば二区の半分を持ちつつ、四葉もまわることになっていた。

四葉小に差しかかったのは正午前。いつものように校門からバイクで入り、アスファルトと土の境にバイクを駐めた。ヘルメットをとり、校庭側へと向かう。

いつもなら走るところだが、今日は走らない。すでに冬休みで、児童は一人もいないからだ。春行似であることに気づかれる心配がない。それはそれでさびしいな、と思いつつ、歩いて職員室のところへ行った。外から窓をコンコンと叩く。

鳥越幸子先生が席を立ち、窓を開けてくれる。今井貴哉くんの現担任の、鳥越先生だ。

「こんにちは」

「ご苦労さま。久しぶりですね」

「はい。年賀の期間に入ったこともありまして。すいません、今日はご印鑑お願いします」

「了解。あ、じゃあ、せっかくだから、お茶でも飲んでいってくださいよ」

「いえ、でも」

「たまにはいいじゃないですか。こないだ、筒井さんにもそうしてもらったし」

「えーと、では」

「こちらから、どうぞ」

「はい」

いくつかサンダルが並べられているところから職員室に入る。二度め。今年の一月、栗田先生にお茶を頂いて以来だ。

スリッパを履く前に、例によってくつ下に穴が空いてないかをチェック。セーフ。わかってはいたのだ。四足九百八十円で買ったくつ下を、一気に四足おろしたばかりなので。これで穴が空いてるようでは困る。

鳥越先生に促され、隅のソファに座る。前回と変わっていない、布製のソファだ。

「じゃあ、これで」と鳥越先生が印鑑をテーブルに置く。「お茶とコーヒー、どちらがいいですか?」

「あ、どちらでも」

「わたしはコーヒーにしようかと思いますけど」

「では僕もコーヒーでお願いします」

職員室には、思ったより多くの先生たちがいる。二十人弱。学校は冬休みだが、先生は休みではないらしい。

それでも、児童たちは登校していないためか、どこかゆったりした空気が流れている。イスを移動させて雑談している先生たちもいる。その一人と数メートルを隔てて目が合うので、何となく会釈をする。あちらも返してくれる。

書留を渡す手続きをすませたところへ、鳥越先生がやってくる。二つのカップを、テーブルの上に置く。

「郵便屋さん、お砂糖とミルクは?」

「ミルクだけお願いします」

缶コーヒーなら微糖だが、こんなときは砂糖を入れない。ミルクを少しだけ入れる。ほんのひとたらし。昔から父がそうしているのを見て、そうなった。自宅で一人のときは、入れない。ポーションミルクの一人用カップだけでも持て余してしまうからだ。

父はどうしていたかと言うと。母と分け合っていた。父がひとたらしして、残りを母がもらう。そんな具合だ。

母と離婚した今は、どうしているのだろう。母はコーヒーよりもお茶のほうが好きだから、一人でほうじ茶を飲んでいるはずだ。父は赴任先の鳥取で、コーヒーを飲んでいるだろうか。僕同様、自宅で一人のときはミルクを入れなくなっているかもしれない。

余らせるのは申し訳ないので、今ここではミルクをたっぷり入れる。スプーンでかき混ぜる。コーヒーが乳濁する。

「いただきます」

「わたしもいただきます」

飲む。甘くはないが、おいしい。人に入れてもらった飲みものは、いつだっておいしい。

「おいしいです」とだけ言う。

「インスタントですよ」と言われる。

でもおいしいですよ、とまでは言わない。何でもほめる人なのかと思われてしまう。まあ、それに近いけど。

「郵便屋さんはこの時期大変ですね。よりにもよって、年末年始に忙しさのピークがきちゃう」

「ずっと続いてほしいですけどね。その年賀状を出すという習慣が」

「あぁ。昔にくらべたら、出さないですもんね。わたしが子どものころは、十通くらい出してましたけど。今の子たちはそうでもない。出さない子は、一通も出さないみたいです」

「やっぱり、メールとかＬＩＮＥとかが、あるからなんですかね」

「学年が上になればそうでしょうけど、わたしが持ってる子たちはまだ」

「そうか。二年生ですもんね」

「ええ。ケータイを持たされてる子は結構いますけど。年賀状は、親御さんに出しなさいと言われなければ、出さないでしょうね」

「出す習慣がつかないまま、大人になっちゃうんですね。その子たちが親にもなったとき、自分の子に、年賀状を出しなさいなんて言うわけないですよね。見通しは暗いです」

「まあ、この先、わからないですけどね。回帰するというか、手書きのものが見直されるようなことになるかもしれないし」

「そうなってくれるといいですけどね。勝手ながら、僕が郵便屋でいられるためにも」

「あ、そうそう。今井くんに、郵便屋さんのことを聞きましたよ。よくウチで休んでいくって言ってました」

「あらら。ちょっと恥ずかしいですね。実際、休ませてもらってはいるんですけど。今井さんのお宅は、眺めがいいんで」

「ですよね。わたしも家庭訪問で行きました」

「あ、そうですか」

「あのベンチで休んでらっしゃるんですね。青いベンチで」

「はい。缶コーヒーまで頂いたりして」

「最近は、筒井さんもそうなさってるみたいですね。今井くん、喜んでますよ。筒井さんはよくお菓子を持ってきてくれるんだそうです。キャンディとかチョコレートとか」

しまった。僕もそうすればよかった。頂くばかりでいいわけがない。

と言いながら、ここでもコーヒーを頂く。さすがに繁忙期。ちょっと急いで頂く。

「今井くん、大きくなったら郵便屋さんになるとも言ってましたよ」

「ほんとですか？」

「ええ。作文にそう書いてました」

「それはうれしいですね」

郵便配達員を身近なものと感じてくれていることがうれしい。子どもがなりたい職業ランキングに、サッカー選手やパティシエに交ざって警察官や教師が入るのは、やはりなじみがあるからだ。貴哉くんが実際に郵便局員になることはないだろう。でもうれしい。

「それでいろいろ訊いたら、今井くん、大きくなったら郵便屋さんになって自分ちで休む、なんて言ってました。つい笑っちゃいました」

それには僕も笑う。

「マズいですね。休むのが仕事だと思われてる。じゃあ、えーと、そろそろ。コーヒーおいしかったです。ごちそうさまでした」立ち上がり、続ける。「僕がこちらに伺うのはこれが年内最後になるかもしれません。今年はいろいろありがとうございました。来年も、郵便をよろしくお願いします」

鳥越先生も立ち上がり、言う。

「こちらこそ、よろしくお願いします」

「では失礼します」

スリッパを脱いで向きを直し、職員室を出る。児童が一人もいない校庭を眺めつつ歩き、バイクのところへ戻る。ヘルメットをかぶる。

ズボンのポケットのなかでケータイが震えた。取りだして、画面を見る。荻野武道。またヘルメットをとり、電話に出る。

「もしもし」

「もしもし、平本さんですか？　荻野です」

「おつかれ。どうした？」

「あの、一の十八の四の長谷川《はせがわ》さんに、小春《こはる》さんて、いるんでしたっけ？」

「いない。それは持ち戻って」

「わかりました。すいません。小春さんていう名前は覚えてたんですけど、肝心の住んでるのか住んでないのかを忘れちゃって。やっぱ忘れちゃうもんですね。たすかりました。ありがとうございます」

「また何かあったら言って」

「はい」

「あ、そうだ。荻野くん」

「はい？」

「今日、昼はどうする？」

「えーと、このあとコンビニでおにぎりでも買って、第二公園で食べようかと」

「じゃあ、おごるよ。結局コンビニのものにはなっちゃうけど、おにぎりじゃなくていいから、何か好きな弁当でも食べて」

「ほんとですか？」

「うん」

「五百円オーバーでもいいですか？」

「いいよ」

「おぉ。うれしいです」

「午後一時に二丁目のコンビニ、でいいかな？」

「はい」

「じゃあ、それで」

「どうもです」

電話を切り、ケータイをポケットに戻す。あらためて、ヘルメットをかぶる。

荻野くんが電話をかけてきてくれたことが、ちょっとうれしい。前にアルバイトをしていたときはなかったことだ。自分で判断できないものは、すべて持ち戻っていた。僕ら社員にまかせていた。

四葉からみつば二区に戻って、配達をこなす。

午後一時二分前に、二丁目のコンビニに着いた。

荻野くんは一時ちょうどに来た。

「すいません。自転車だと時間が読めなくて」

「だいじょうぶ。遅れてないよ」

二人でコンビニに入り、食べものと飲みものを買った。荻野くんは牛カルビ弁当と明太子マヨネーズのおにぎり。僕は幕の内弁当。あとは、それぞれに温かいお茶。缶ではなく、ペットボトルのほう。

そしてみつば第二公園へと移動した。三つあるベンチのうちの二つに、分かれて座る。寒いことは寒いが、防寒着を着ているので、さほど気にならない。

「いただきます」と荻野くんが言い、

「いただきます」と僕も言う。

食べはじめる。

「牛カルビは久しぶりですよ。いつもは、ちょっと安い豚カルビにしちゃうんで。さらにおにぎり付き。贅沢《ぜいたく》です」

「そう言ってもらえるならよかった。してよ、贅沢」

冬も冬。普段からあまり人がいない公園には誰もいない。学校は冬休みだが、子どもたちもいない。

別に荻野くんと何を話すつもりでもなかった。こんなことを訊いてみる。

「就職活動は、まだだよね？」

「来年の夏からです」

「そうか。三年の夏からだ」

「その前にバイトはしておきたかったんで、ちょうどよかったです。声をかけてもらって」

「え？　誰か声かけたの？」

「はい。筒井さんが」

「そうなんだ。知らなかったよ」

「さすがに自分からはちょっと。前回は、最後、ああなっちゃいましたから」

「電話がかかってきたとか？」

「いえ。歩いてたら、会ったんですよ。筒井さんは配達中で、前からバイクで来ました。正直、見ないふりしてやり過ごすつもりだったんですけど。すれちがったと思ったら、筒井さんが戻ってきて。で、いきなり言われました。『今、人が足りなくて困ってんの。あんたの手を借りたい』って。道端でですよ」

言いそうだ。美郷さんなら。

「『いや、でも』って、ぼくは言ったんですけどね。筒井さんは、『でも何？』って。バイトは、ほんとにしたかったんですよ。就職活動が始まったら、会社への交通費なんかが結構かかるみたいなんで。ただ、ぼくがよくても、局がいいとは限らないじゃないですか。筒井さんにもそう言ったんですよ。そしたら、『課長にはわたしが言うから』って」

「そういうことだったか」

「筒井さん、言ってくれたんですよね。『郵便物が雨に濡れて苦情を言われたら、できるだけ濡れないようにすればいいじゃない。それでも濡れちゃうなら、謝ればいいじゃない』。たぶん、一字一句ちがってないです。はっきり覚えてますよ。インパクトがあったから。あと、こうも言いました。『犬に噛まれたなら、次からは近寄らないようにすればいいじゃない。それでも触りたいくらい犬が好きなら、また噛まれればいいじゃない。バイクで転んだなら、自転車からやり直せばいいじゃない』」

「あぁ。だから、自転車」

「はい」荻野くんはペットボトルのお茶を飲んで、言う。「あの人、すごいですね」

「うん。すごいね」と同意する。

「ああいう女の人、初めてです。強いです。思わず訊いちゃいましたよ。『空手とかやってました？』って」

「何て言ってた？」

「『やってない。ちょっとヤンキーではあったけど』って」

やっぱり、ちょっとはそうだったのか。

「さっき、尾関さんに謝ってきました」

「え？」

「尾関さんです。コンビニの裏手の」

前に荻野くんが雨に濡れた手紙を配達してしまった尾関さん。そのうえ、まったく濡らさないなんてことはできません、と言ってしまった尾関さんだ。

「まずはそこからと思って」

「尾関さんは、何て?」

「驚いてました。忘れてたみたいで。まあ、そうですよね。三ヵ月も前のことだし。でも思いだしてくれたんで、あのときはすいませんでしたって謝りました。『がんばってね』って言ってくれましたよ。何か、自分がいやになりました。ほんと、タイムマシンで戻りたいですよ、三ヵ月前に」

「戻れないんだよね」

「そうなんですよね」

「戻れたら戻れたで、ダメなんだろうけど」

「どうしてですか?」

「戻れるなら、また同じことをしちゃうでしょ。取り返しはつくから、と思って」

「あぁ。なるほど」

牛カルビ弁当を平らげて、荻野くんが明太子マヨネーズのおにぎりに移る。

「平本さんて」

「ん?」

「頭いいですよね」

「は？　よくないよ。大学に行ってる人が僕にそんなこと言わないでよ」

「関係ないですよ、それは。ぼくが言う頭のよさは、そういうことじゃないです。気持ちとか心まで合わせた頭のよさっていうか。何か、うまく言えないですけど」

「何にしても、頭がいいなんて言われたのは初めてだよ。僕が言われるのは、春行に似てるってことくらいだから」

言ったそばから、確か百波にも言われたな、と思いだす。バカげたことをいちいち言わないのが秋宏くんの頭のよさなのだ、とか何とか。荻野くんで二人め。ひょっとして、僕は頭がいいのか？　まさかね。

「顔は春行で頭もいいんだから、最強ですよ。何をやっても成功するんじゃないですかね、平本さんは。うらやましいですよ」

「いいよ、そのくらいで。弁当とおにぎりの分くらいは、もうほめてもらった」

「あの、一つ訊いていいですか？」

「うん。何？」

「平本さんて、筒井さんと付き合ってるんですか？」

「は？　何それ」

「付き合って、ないんですか？」

「ないよ。何で？　誰かそんなこと言った？」

「いえ、そうじゃないですけど。何となく、そうなのかなぁって。平本さんだけが筒井さんを美郷さんて呼ぶし、お互い好いてるようにも見えるし」

「見える？」

「見えます」

「好きは好きだけど、そういう好きじゃないよ」

「でも筒井さんは、そういう好きなんじゃないですかね」

「まさか。ちがうでしょ」

「平本さんがそう思ってるだけじゃないですか？」

「いやいや。それはないよ」

「あると思うけどなぁ」

「そんなことを、美郷さんに言わないでよ」

「言いませんよ。言いもしないし、つぶやきもしません」

「笑えないよ、それは」

　でも笑う。荻野くんも笑う。冬の公園の硬い空気が、少しだけ和らぐ。

「ぼく、もう二十歳ですけど、あらためて、空手でもやってみようかと思いますよ。実家の道場はさすがに遠くて無理なんで、どこか近くの道場で。子どもたちに交じって」

「それはいいかもね。楽しそうだ」

「余裕で負けそうですけどね。小さいころからきちんとやってる子は、ほんとに強いから。平本さんも、一緒にどうですか？」

「僕はいいよ。もう二十七だし。休憩中に第三公園で逆上がりをやるくらいで充分」

「歳は関係ないですよ。何ていうか、やっとそんなふうに思えました。遅いですかね？」

「遅くないよ。むしろ早すぎるくらいじゃないかな。そういうのは、四十歳ぐらいの人が思うべきことなんだと思うよ」

そう。四十歳。市川邦彦さんぐらいの人だ。

「そういえば、この第二公園には鉄棒がないんですね。第三公園にはあるのに」

「そうなんだよ。できれば設置してほしいんだけどね」

「ぼく、昔から鉄棒は苦手でしたよ。まあ、空手も苦手だったんですけど」

「僕も鉄棒は苦手だったよ」

「なのにやってたんですか？　あのとき」

「うん。今はどのくらいできるのかと思って、試しに一度やってみたんだよね。それから習慣になった」

「ぼくもその感じでやってみますよ。平本さんの鉄棒の感じで、空手を。黒帯とか持ってたらカッコいいですもんね、歳をとってても」

「カッコいいね」

「でもそこまではいけないかな。いけると思ってたら、やめてなかったろうし」

「いけないと思ってるのにやれるなら、そっちのほうが上でしょ」

「いえ、今のなしです。やるからには、いけると思ってやりますよ」

「まあ、そうか。そうだね」

「いきなり黒帯とかとってきたら、父親、驚くだろうなぁ。お前、今さら何してんだって、怒るかも」

「いや、喜ぶでしょ。怒ったふりして、喜ぶんじゃないかな」

「だといいですけどね」

荻野くんがおにぎりを食べ終える。

僕も幕の内弁当を食べ終える。お茶は少し残し、またあとで飲むつもりでキャップを閉める。

「さて、もう行くよ」と立ち上がる。

「ぼくも行きますよ」

「いや、荻野くんは時間どおり休んで。小松課長ふうに言うと。ちゃんと時間どおり休ませなかったら僕が突き上げを食っちゃうから」

「言いそうですね、課長」と荻野くんが笑う。

「じゃ、ごみもらうよ。一緒に捨てとく」

「あ、すいません」

弁当の空き箱やおにぎりを包んでいたビニールを受けとる。それらをコンビニの袋に収め、バイクのキャリーボックスに入れる。

「また何かわからないことがあったら電話して」

「はい。ごちそうさまでした」

ヘルメットをかぶり、バイクを公園の外まで引いていく。シートに座り、キーをまわしてエンジンをかける。振り向いて、あいさつ代わりに左手を挙げる。

ベンチに座っている荻野くんが、どうもと頭を下げる。

アクセルをまわし、走りだす。

メゾンしおさいの片岡泉さん。夏にペットボトルのお茶をくれたあの片岡泉さんが、荻野くんをこう評した。

よさげな子じゃん。

その見立てが当たっていたことがうれしい。外れと思わせて当たりにひっくり返ったことが、本当にうれしい。

＊　＊

映画『リナとレオ』は、大ヒットとまではいかないが、ヒットした。僕もたまきと観に行ったし、チケットをあげた谷秋乃さんも観に行ってくれた。何と、兄の谷さんと行ってくれた。谷さん自身が僕にそう言った。行こうって言われたから行ってきたよ、と。映画はおもしろかった。わざとはっきりそうとわからせるワイヤーアクションなんかもあって、かなり笑えた。それでいて、ほろりともさせた。たまきと僕は、ここはほろりとさせる場面だな、と思った程度だが、春行ファンの秋乃さんは実際にほろりときていたという。それも谷さん情報だ。あいつ泣いちゃってんの、なんて言っていた。それを僕に報告するあたりが、冷たくも温かい兄だ。

春行は、十七歳から二十七歳までのレオくんを演じていた。撮影時は、自身、二十七歳。さすがに十七歳役はキビしいかと思ったが、そうでもなかった。きちんと高校二年生に見えた。すごいな、と思った。演じた春行がすごいのか、演出した監督がすごいのか。それはよくわからなかったが、ともかく感心した。プロの仕事だ、と。

春行と百波の交際が発覚したことも、ヒットの一因になった。公開三週めあたりで、その話が表に出た。春行によれば、その後、観客動員数も伸びたらしい。結局、話題になることが大事なのだ。ウチの事務所がリークしたんじゃねえかとおれは密かに疑ってるよ。と春行は言っていた。笑って。

春行と百波が付き合っていることは、そうやって、ついに発覚した。騒ぎにはなった。ドラマ『スキあらばキス』で共演したあの二人が！とテレビの芸能情報番組でも大きくとり上げられた。現在同棲中、結婚まで秒読みか！ と報じた週刊誌もあった。が、思ったほどというか、おそれていたほどでもなかった。この程度か、と思った。有名タレントの弟でいることに、僕が慣れてしまっただけかもしれない。

さすがに母は驚いていた。驚きのあまり、僕に電話をかけてきた。まずは春行にかけたらしいが、それだけでは収まらず、そのあと僕にまでかけてきた。

「ねぇ、アキは知ってた？」と訊かれた。

「知ってたよ」と答えた。

「何だ。知ってたの」

「うん。二人で前のアパートに来たりしてたし」

「遊びに？」

「密会しに、かな。そのころは、同棲まではしてなかったから。同棲した今も、来ることは来るけどね」

「実家にってこと？」

「そう」

「百波が、じゃなくて百波ちゃんが、あの家に来てるわけだ」

「うん。梅サワーとか飲んでるよ」

「中道結月と付き合ってるのかと思ったら。まさか百波ちゃんとは」

「中道さんとは共演してから会ってないって、去年ご飯食べたときに、春行、言ってたじゃん」

「芸能人が言うことだもの、あてにはならないわよ」

「芸能人て」

「週刊誌に書いてあったけど、結婚秒読みなの？」

「さあ、どうだろう。そこまでは知らない。春行に訊きなよ」

「訊いた。今のアキと同じこと言ってたわよ。さあ、どうだろうって。とぼけてるのかと思ってたけど。そのあたりは、アキにも言ってないんだ？」

「言ってないよ。そこまではっきりとは、考えてないんでしょ」

「春行と百波ちゃん、仲いい？」

「いいよ。だって、付き合ってるわけだし」

「付き合ってても、こう、いろいろあるじゃない。段階が」

「それは知らないけど。仲はいいと思うよ。かなりいい」

「アキが見てそうなら、そうなんでしょうね」

「うん」

「さっきハルに、百波ちゃんのサイン頼んじゃったわよ。ハルのと一緒にちょうだいって。同じ色紙にってことじゃないけど」

「同じ色紙には、マズいよね」

「だから別々。これまでは、ほら、取引相手のおじさんたちの娘さん狙いだったんだけど、百波ちゃんなら、おじさんそのものも狙えるでしょ」

それにはちょっと笑った。たくましいと言うべきなのか何なのか。元気だな、と思う。ずっとこのままでいてほしいな、と、そんなことさえ思う。

「あのさ」と僕は言う。「今度、アパートに行っていい？」

「いいわよ」と母はあっさり言う。「来なさいよ。アキは来たことないもんね」

「用があるわけではないんだけど」

「用がなくたっていいでしょ。いつ来る？　明日でもいいわよ。出かける予定はないし。日曜だから、アキも休みでしょ？」

「うん。年末だからもう日曜とかは関係ないけど、たまたま明日は休み。年内最後」

「じゃ、明日ね。お昼にしようか。どうせなら、ご飯食べよう。よし。十二時ね。何か食べたいものある？」

「ないよ」

「なら適当にお肉でも焼くわよ。いや、お魚のほうがいいか。あんまり食べる機会ないでしょ？」

「うん」

「じゃあ、お魚。アキが好きなぶりでどう？　寒ぶり」

「僕、ぶり、好きだっけ」

「小さいころよく言ってたわよ、これ好きって」

だとすれば。ぶりの名前も知らずに言っていたのだろう。

「まあ、スーパーに行ってみて、ほかに何かいいのがあったらそっちにしちゃうかもしれないけど」

「まかせるよ」

と、そんな具合。結局は母のペースですべてが決まった。あっけない。母のアパートに行く理由がない、などと思っていた自分は何だったのか。

そして翌日。正午ちょうどに母のアパートを訪ねた。

都内。実家からは丸一時間。意外に近かった。

インタホンのチャイムに応えてドアを開けた母は言った。

「さすがアキ。十二時ぴったり。これがハルなら、今やっと起きたりしてるわよ。来るときは急に来るけど」

出かけるときのような化粧はしていなかったが、母はすっぴんでもなかった。ファンデーションくらいは塗られている。

二階建ての二階。アパートは二間で、こぢんまりしていた。片づけたのかいつもそうなのか、きれいはきれいだ。化粧台があることを除けば、女性の部屋っぽい感じはしない。赤や黄色やピンクがない。一つもない。母も五十三歳。そんなものだろう。

そもそも用がないのだから、何もすることがなかった。小さなダイニングテーブルの前のイスに座り、ただテレビを見る。つけられていたのはＮＨＫだ。民放なら、どこかの局で、春行百波情報を流しているかもしれない。

スーパーにめぼしいものはなかったらしく、出された魚はぶり。ぶりの照り焼きだ。好んで食べたような気が、しないでもない。そこは子ども。ぶりが好きだったというよりは、照り焼きが好きだったのだろう。

母と二人、ダイニングテーブルを挟んで向き合い、ぶりの照り焼きを食べる。

家族四人で暮らしていたときとちがい、テーブルが小さいので、母がやけに近い。春行はいない。父もいない。こんなのは本当に久しぶりだ。

訊くつもりはなかった。そんなつもりで来たわけではなかった。なのに、訊いてしまう。

「タバコの吸殻が、あったの？」

「何？」

「いや、あの、春行に聞いたんだ」と少し逃げる。「この部屋に灰皿があって、そこに吸殻があったって」

「あぁ」母は箸を止めて考える。「ハルがそんなこと言ってた？」

「うん」

「見られてたか」

「見られたことに、気づいてた？」

「半々。見られたかも、とは思った。ハルが何も言わなかったから、見られなかったのか、とも思ったんだけど」

「それは、何、誰か付き合ってる人がいるってこと?」

「は?」

「えーと、男の人」

「いやだ。何言ってんのよ。そういうことじゃないわよ。わたしが吸ったの」

「え?」

「わたしが自分で吸ったのよ」

「吸うの? タバコ」

「吸う。正しくは、また吸うようになった。結婚する前は吸ってたのよ。結婚するときにやめて、ハルが生まれたときに、お父さんにもやめさせたの」

「あぁ。そうなんだ」

「で、また吸うようになったわけ。独りになってから」

「仕事のストレスで、とか?」

「それもあるわね。というか、それがほとんどか」そう言って、母は楽しそうに笑う。

「何? それでハルとアキは、わたしに男、というか付き合ってる人ができたと思ったわけ？　その吸殻があったから」

「うん。まあ」

「お父さんと別れたのはそれが原因？　とか思った？」

「いや、そこまでは」

明らかに、思った。春行だけでなく、僕も。

「あ、でも。ワイシャツとネクタイは？」

「何？」

「ワイシャツとネクタイ。それも春行が見たって言うんだけど」

「ワイシャツとネクタイ」母は動かしていた箸を再び止めて考える。「春行が来たときってことよね？　えーと、あぁ、わかった。あのときね」

母は一人、得心したように何度もうなずく。やはり何か誤解があるらしい。豆腐とわかめのみそ汁を一口飲んで、母は言う。

「あれは、男の子を泊めたの」

「え？」

「男の子を泊めただけよ」

「だけって」

「会社の子。十月の異動でわたしの部署に来た、アキと同い歳の子。十月の終わりだったかな。居酒屋で歓迎会をやったのよ。そのあと二次会にも行って。その子、飲みすぎてベロベロになっちゃったの。ちょっと一人じゃ無理そうだったんで、ここに連れてきたわけ。上司として、ほうってはおけないから」

「いや、でも」

「一気飲みさせたりしたわけじゃないわよ。その子が張りきってグイグイ飲んだだけ。わたしたちはむしろ止める側。来たばかりで、お酒の強い弱いはまだ知らないから、平気だと思ってたの。そしたら、二次会の店を出たところで、ストンと崩れ落ちちゃって」

「いきなり?」

「いきなり。驚いたわよ。何だろう。自分を大きく見せようとしちゃったのかな。お酒飲めるくらいで大きいとは、誰も思わないんだけどね。でも若い男の子のなかには、たまにそんな子もいるから」

「だとしても、連れてくるっていうのは」

「ほかの子たちに押しつけられないでしょ? そんなことしたらパワハラになっちゃう。だから自分で引き受けたわけ。もちろん、そこはきちんと伝えたわよ。『課長として彼を連れて帰ります。おかしな勘ぐりはしないこと』って。みんな、笑ってた。ウチはそんな感じなのよ」

「でもやっぱり、男、だよね」

「アキと同い歳。親子の歳よ。アキはわたしぐらいの歳の女を、そんな目で見る？」

「見、ない」

「わたしもハルとアキぐらいの男の子をそんな目では見ない。会社の子たちも、ちゃんと知ってるわよ。わたしがしかたなく連れ帰ったんだって。もうちょっとひどかったら救急車を呼んでたかもしれないけど、まあ、そこまではなかったから。酔ってるだけで、意識もあったし」

「それはそれで、あぶなくない？　酔って変わっちゃう人もいるよ」

「そのときは警察でも何でも呼ぶわよ。上司だけど、そこは割りきる。そうなったら、もうその子自身のせい。それに、こう見えてもね、わたし、春行の母親なのよ」

「どういう意味？」

「一目置かれてるというか、結構おそれられてもいるって意味。ヘタなことはできないでしょ、有名人の親に」

そうかもしれない。僕は身内だから感じないが、そうでない人は、多少なりともその種の圧を感じるだろう。僕だって、百波の家族になら、感じる。

「その子、ウチでゲーゲー吐いちゃってね、ワイシャツもネクタイも汚れちゃったの。それで洗たくしたのよ。最近のは洗たく機にかけられるものも多いから。で、乾かしてるときにハルが来ちゃったわけ」

「その人は？」

「次の日に帰った。Tシャツにスーツで。おかしくはないでしょ。今はノーネクタイなんて普通だし」

「まあ、そうだね」

「どう？　わたしの疑惑は晴れた？」

「疑惑って」

「お付き合いしてる人はいない。誰かとお付き合いする気がまったくないとは言わないけど、もう、そう簡単にお付き合いもしないわよ。そんな人がもしできたら、ハルにもアキにも言う。お父さんにだって、言うかも」

「うん。何かおかしなこと言って、ごめん」

「いいえ。気にかけてくれてうれしいです」と母がふざけて言う。

何故か美郷さんのお父さんのことを考える。すぐに、考えてしまった理由に思い至る。

「タバコ、吸うんだね」

「ええ」

「まさか、一日三箱とか吸わないよね？」

「そんなには吸わないわよ。一日一箱も吸わない。吸わないときはまったく吸わないし」

「タバコは、やめられるなら、やめたほうがいいよ。やめられなくても、やめたほうがいいよ」

母が少し驚いたような顔で僕を見る。

その視線を避けるべく、僕は居間のテレビを見る。ＮＨＫ。のど自慢だ。高校生ぐらいの女子が民謡をうたっている。かなりうまい。

「あぁ」と母が言う。「わたしも、子どもたちに指図される歳になっちゃったか」

「指図なんて、そんなつもりはないけど」

「わかってる。ハルはともかく、アキはわたしに指図なんかしない。でもね、そう言ってくれて、うれしいわよ。これは冗談じゃなく、ほんとにうれしい。するべきだと思ったらしてよね、指図。わたしが振り込め詐欺に引っかかったりしないように」

ドキッとした。鎌田めいおばあちゃんの顔が浮かぶ。鎌田将和さんの顔も浮かぶ。

「それはないでしょ」

「今はないけど、十年先はわからない。人間、衰えるとね、やっぱり注意力がなくなるのよ。最近、それを感じる。誰だって、ある日突然老人になるわけじゃないからね。案外気づけないのよ、そういうことに」

五十三歳。そんなことを言う母を初めて見る。仕事をしているせいか、若く見える。ぎりぎり四十代、四十九歳ぐらいには見える。太ってもいない。だがいつまでも若くはない。

ぶりの照り焼きを食べ終え、ごちそうさまを言う。

その後、久しぶりに母が淹れてくれたほうじ茶を飲む。うまい。ほうじ茶は、一月に四葉小の職員室で栗田友代先生に淹れてもらって以来だ。

「やっぱりほうじ茶なんだね」

「やっぱりほうじ茶なのよ。アキはハルとちがって、そういうとこにも目がいくから、お茶も淹れがいがあるわよ」

でも春行は春行でまたちがうことを言って、母を楽しませるのだと思う。二時間でも三時間でも、楽しませるのだ。

対して僕は。お茶を飲み終えると、本当に話すことがなくなってしまう。することもなくなってしまう。

「じゃあ、帰るよ」

「もう?」

母も特に引き止めない。僕もそれをさびしいと思わずにいられる。だからこそ、家族だ。伊沢幹子《みきこ》と平本秋宏。家族。

玄関でくつを履く。

「アキ」

「ん?」

「またいつでも来なさいね」

「うん」

アパートをあとにする。

日曜日の、午後二時前。最寄駅に向かって歩きながら、僕はケータイで電話をかける。誰にって、鳥取にいる父に。

「もしもし」

「もしもし、お父さん?」

「アキか。どうした?」

「どうもしないけど。お正月はどうするのかと思って」

「えーと、三十日に帰るかな。アキは仕事だろ?」

「うん。年明けの二日が休み」

「でも夜は一緒だからな。三十一日に、おれが年越しそばをつくるよ」

「いいね。食べたいよ」

「どうだ？　今はやっぱり忙しいのか？」

「忙しいね。年賀の時期だから。といっても、昔ほどではないだろうけど」

「昔か。そうだろうな。確かに、おれがアルバイトをやったころは忙しかったよ」

「え、何？　局でアルバイトをしたことがあるの？」

「ああ。高校生のころな。その年賀のをやったよ。自転車で配達するやつ」

「そうなんだ。知らなかったよ」

「おれも今思いだした。もう四十年近く前の話だからな」

だとしても、そのくらいは僕が知っていてもいい。つまるところ、僕は両親のことを何も知らないのだ。母がタバコを吸っていたことも。父が郵便局でアルバイトをしていたことも。ただ、それでも親子ではいられる。

「ハルのことが、ニュースになってるな」

「うん」

「百波って、最初のドラマで共演した子だよな？」

「そうだね」

「ほんとの話か？」

「ほんとだよ」

「アキは知ってた？」

「知ってたよ」

「そうか。ハルは、結婚しそうなのか？」

「どうだろう。そこまではわかんないよ」

「結婚しても、おれたちみたいにならなきゃいいけどな」

おれたち。父と母だ。

「芸能人は、ただでさえいろいろ大変そうだからな。まあ、ハルはあんなだから、うまくやるか」

「今さ、お母さんのとこに行ってきたよ。その帰り」

「あぁ。そうなのか。元気だったか？」

「うん。元気だった。またみんなでご飯食べようよ」

「そうだな。今年はもう無理だから、来年はそうしよう。お盆にでもな」

「じゃあ、とりあえず、三十日だね？」

「ああ。たぶん、アキよりは早く帰ってる。その日は、何か出前でもとるか」

「出前って、ピザぐらいしかないよ」

「宅配の寿司なんかもあるだろ。おれがどうにかするから、アキは何も買ってこなくていいよ」

「わかった。じゃあ、三十日に」

「忙しくても、バイクは気をつけてな」

「うん」

電話を切り、ケータイをズボンのポケットに入れる。

ちょうど駅に着き、下り電車に乗る。およそ四十分揺られ、実家がある駅で降り、ない。通りすぎる。降りるのは、いくつも先のみつば駅だ。

改札を出て、日曜日の穏やかな町を歩く。年末でも、繁華街でないこうした住宅地はやはり静かだ。各家々が独自に飾ったクリスマスのイルミネーションは、もうすべて取り外されている。あとはお正月を待つばかり。

事前に電話なりメールなりをしておいたほうがよかったかな、と思う。でも出かけてはいないはずだし、出かけていたら、そのとき初めて連絡をとればいい。

アパートの階段を上り、二〇一号室の前に立つ。インタホンのボタンを押す。ウィンウォーン。

「はい」

「あ、僕」

「え、何で？」

「いや、何となく」

「待って」

通話が切れ、すぐにドアが開く。たまきはメガネをかけている。ということは、やはり仕事中。わかってはいたのだ。年明けすぐに締切のものがあって、それまではずっと仕事だと言ってたから。

「何？　どうしたの？」

「どうもしないけど」と父に言ったのと同じことを言う。「ちょっとだけ。仕事の邪魔はしないよ。すぐ帰る」

「いきなり来るのはなしだよ。すっぴんふうメイクもできないじゃん」

「ふうじゃなく、すっぴんそのものを見てやろうと思って」

「何度も見てるじゃない」

「また見ようと思って。何度でも見ようと思って」

「何か変」とたまきは笑う。「コーヒーを入れるよ。わたしも休憩」

玄関でくつを脱いで部屋に入り、ベッドに座る。四葉の今井さんがオーナーの、カーサみつば。ワンルーム。分厚い辞書やら紙を綴《と》じた資料やらで散らかっている。仕事中はいつもこうなのだ。そこに乾いた洗たく物なども加わり、足の踏み場がなくなる。

「進み具合はどう?」と尋ねてみる。

「ちょっと遅れ気味。だからあせり気味」と答がくる。

たまきの仕事は翻訳だ。英語を日本語に訳す。たまにはその反対のこともやる。一応、フリーランス。楽じゃないよ、と言う。たぶん、どれだけがんばっても楽にはならない。でもやっちゃう。

たまきが入れてくれたコーヒーを二人で飲む。ベッドに並んで座り、飲む。部屋は暖房が効いている。とはいえ、エアコンのそれなので、ちょっと弱い。その弱さを、コーヒーの温かさで補う。

母のアパートに行ってきたことと、そのあと父に電話したことをたまきに話す。降りるつもりでいたのに、実家がある駅で降りなかったことも話す。

「今度ウチに来なよ」と言ってみる。

百波が言ったことが、ずっと頭に残っていた。女子として、実家っていうのは来づらいかもね、というあれだ。聞いたときは、なるほどな、と思った。今は、実家だからこそ来てほしい、と思っている。

「やっと言ってくれたよ」とたまきが言う。

「ん？」

「実家には呼びたくないのかと思ってた」

「まさか。そんなことないよ」

「だって、言ってくれないから」

「そうだっけ」

「そう。実家に引っ越してからは、言ってない」

「だとしたら、あれだよ。来づらいかと思って、だよ」

「何で来づらいのよ」

「女の人は、そういうものかと」

「女か男かは関係ないでしょ。人によるんだよ。わたしは平気。ただ、来いって言ってくれないと、ツラいかも。ほら、わたしにも、ちょっとはたしなみがあるから」

そう言って、たまきはやわらかく笑う。

右を見る。たまきの笑顔がすぐそこにある。ダイニングテーブルを挟んで向き合っていた一時間半前の母よりも、ずっと近い。血のつながりはないからこその距離だ。

たまきと僕。ともにコーヒーが入ったマグカップを手にしている。両手で挟みこむように持っている。コーヒーの温度がいくらか下がってきたので、熱くない。理想的に温かい。

たまきの顔をじっと見る。すっぴんの二十九歳。化粧をしないほうがきれいだよ、と言われて、うそつけ、と思わない歳でもないだろう。僕自身、そんなことを言う歳でもない。

「何?」と言われる。

「いや、今チュウとかしたら、ちょっとバカっぽいかな」

「誰かが見てたら、そう思うかも」

「誰も見てない、か」

「メガネとるの、めんどくさいなぁ。両手がふさがってるし」

「とらないっていうのもありだよね。何にでも、初めてのときはあるよ」

「何か、この会話自体がバカっぽい」

笑う。

バカっぽいチュウも悪くない。

実際にするかどうかは別として。

＊　＊

年賀は、どうにか無事終了した。

いくつか誤配などはあったが、大きな事故はなかった。配達が面倒になって郵便物を持ち帰ったり捨ててしまったりする不届き配達員もいなかった。よその局のことは知らない。みつば局にはいなかった。お前、だいじょうぶだろうな、と谷さんが冗談で言い、たぶん、だいじょうぶです、と荻野くんが冗談で返した。

僕ら一班の年賀が無事に終わったのは、荻野くんが復帰してくれたおかげでもある。それは本当に大きかった。

荻野くんは、僕ら社員同様、ほぼ出ずっぱりでやってくれた。無断欠勤はおろか、連絡して休むこともなかった。年末にカゼで休んだみつば一区の子は、年が明けてからも、カゼがぶり返したとお母さんが電話をかけてきて、また二日休んだ。荻野くんがいてくれなければ今度こそまわらなくなるところだった。

短期アルバイトの最終日には、谷さんが、局の荻野とかいうやつはよくやったとおれがつぶやいとく、と言った。谷さんとしては最高のほめ言葉だ。その意図はきちんと伝わったらしく、荻野くんはちょっと泣きそうな顔になった。

その後、荻野くんが引きつづき長期アルバイトさんとして採用されることが決まった。就職活動が始まる夏までの予定だが、それでも半年以上ある。これは美郷さんでも谷さんでも僕でもない、小松課長のファインプレーだ。

＊　＊

で、二月になってもなお寒い。

僕は重ね着をしたうえに防寒着を着ているからまだいいが、貴哉くんは寒いだろう。だから出てきてくれなくてもいいよ、と思い、実際にそう言ってもいるのだが、それでも貴哉くんは毎回出てきてくれる。僕並みの防寒仕様で。白いニット帽をかぶって。

このニット帽は、母親の容子さんが編んでくれたものらしい。あったかそうだね、と言ったら、貴哉くんは、耳がちょっとチクチクする、と言っていた。でもあったかい、と。

土曜日の午後二時すぎ。今井さん宅での、いつもの休憩タイムだ。いつものとは言っても、僕自身は久しぶり。今日は美郷さんがみつば二区をまわっているので、僕が四葉の担当なのだ。

青い横長のベンチに貴哉くんと並んで座り、空を眺める。柵の手前まで行けばみつばの町が見えるが、こうしてベンチに座っていると、空しか見えない。空と、あとムーンタワーみつば。三十階建てだから、それは見える。

ついこないだ、その三〇〇三号室に転入者があった。鎌田逸子《いつこ》さん、だ。将和さんが再婚したらしい。

僕は頂いた微糖の缶コーヒーを飲み、貴哉くんは同じく缶入りのホットレモンを飲む。

「ねぇ、郵便屋さん」

「ん?」

「バレンタインデーってあるでしょ?」

「うん」

「ぼくね、イソガイリンちゃんにチョコもらった。星の形とか、ハートの形とか、いろんなのが入ったやつ」

「へぇ。すごいな。リンちゃんて、どう書くの? 漢字?」

「そう。すごく難しい字。リンちゃん以外、誰も書けない」

なら凜だろう。配達区の住人だから、名前は知っている。たまにある礒貝ではなく、磯貝。凛ではなく、凜。磯貝凜ちゃんだ。たぶん。

「好きですって言われた?」

「言わないよ、そんなの」

言わないのか。まあ、言わないか。チョコをあげることが、その意思表示だし。

「貴哉くん、モテるんだね」

「モテないよ。鶴田くんは、二個もらったもん」

鶴田くん。お母さんがつくってくれたお弁当のことで貴哉くんと仲たがいをした、鶴田優登くん。

「そうか。でもよかったじゃん」

「よかったけど。くれたのがソネヤヨイちゃんなら、もっとよかった」

曽根弥生ちゃん、だろう。今ふうの逆をついてくる、古風な名前。磯貝凜ちゃん同様、顔は知らないが、漢字は知っている。

何にしても、貴哉くん。素直だ。発言が素直すぎる。

「その曽根弥生ちゃんが、鶴田くんにチョコをあげたの?」

「ちがう。曽根弥生ちゃんは誰にもあげない。だから誰が好きか知らない」

きっと、かわいい子なのだろう。この先も、男子たちは振りまわされるにちがいない。

「貴哉くんさ、鶴田くんとは遊んでるの？」

ん？　という顔を見せてから、貴哉くんは言う。

「毎日遊んでるよ。今日もこれから遊ぶ」

「そっか」

何故そんな当たり前のことを訊くのか、と貴哉くんは思っただろう。貴哉くん、八歳。僕、二十七歳。貴哉くんと僕では、もう時間の流れる速さがちがうのだ。貴哉くんにしてみれば、僕に話してくれたあのお弁当の件は、もはや遥か昔の出来事だろう。僕の一年はそう長くないが、貴哉くんの一年は長い。

「郵便屋さんは、チョコもらった？」

「僕は、もらってないなぁ」

うそはついてない。バレンタインデーにたまきとご飯を食べはしたが、チョコはもらってない。四葉の駅前にあるバー『ソーアン』での飲食代をたまきが出してくれただけだ。

「あのお姉ちゃんからもらってないの？」

「あのお姉ちゃんて、もしかして美郷さん？」

「そう。郵便のお姉ちゃん」

「うん。もらってないよ」

「何で?」

「何でって。えーと、ほら、曽根弥生ちゃんみたいな感じなのかな、彼女は」

「うーん」と貴哉くんは考えこむ。

ちょっと笑った。貴哉くんは本気で曽根弥生ちゃんのことが好きらしい。

美郷さんは、局で義理チョコを一つも配らなかった。当然だろう。周りにいるのは男性ばかり。そんなことをしていたらきりがない。

貴哉くんと、それから今井さんにも缶コーヒーのお礼を言い、午後の休憩を終えた。

そして一時間半で残りの配達を終え、局に戻る。

集配課には、みつば二区から戻った美郷さんがいた。

おつかれ、と声をかけ、貴哉くんと休憩したことを話した。転送と還付の手続きをしながら、貴哉くんがチョコをもらったことも話した。

「さすが貴哉くん。モテるねぇ」と美郷さんは楽しそうに言う。「今井さんの血を受け継いだ、気配りのできる小二。希少価値は高いよ」

「僕は美郷さんにチョコをもらわなかったのかって訊かれちゃったよ」

「あげればよかったね。貴哉くんの幻想を壊さないためにも」

「そしたらみんなにあげなきゃいけなくなるでしょ。局では誰にもあげないのが正解だと思うよ」

「じゃ、わたし、正解を選べなかったわ」

「ん？」

「誰にもあげてなくは、ないから」

「あげたの？　誰かに」

「あげたよ」

「義理チョコ？」

「じゃない」

「ほんとに？」

「ほんとに。驚かないでよ。わたし、女だっつうの」

「えーと、誰に？　とは訊けないか」

「訊いちゃってるっつうの」

美郷さんは辺りを見まわし、誰もいないのを確認する。そして早口の小声で言う。

「タニ」

「え？」

「谷さん」

「ほんとに？」

「だからほんとよ」

「何で？」

「何でって、何よ」

「いや、ほら、そんなに仲いいようには見えなかったから」

「そりゃそうよ。向こうは何とも思ってなかったろうし。でもそのためのチョコじゃない。いい制度だよ、これ。もとはお菓子業界の販売戦略だったとしても」

「いやぁ、参った」と言い、区分棚の前のイスに座る。

「何で平本くんが参るのよ」と美郷さんもイスに座る。

荻野くんの見立ては、的外れもいいとこだったわけだ。美郷さんが僕に対してどうこうというのは。さすが荻野くん。さすが美郷さん。

「そうだったのかぁ。谷さんにっていうのは、いつから？」

「結構早い段階からかな。異動してきてすぐ」

「そうは見えなかったな」

「そうは見せないでしょ、普通」

「で、そう、チョコを渡した結果は、どうだったの？」

「付き合ってる」

「えっ。いつから？」

「だから、そのときからよ」

「ちっとも気づかなかったよ」

「だから気づかせないでしょ、普通」

「そうだけど。うーん。谷さん。そうかぁ。そのときからってことは、チョコ渡してすんなりって、ことだよね？」

「まあ、そうね。わたしが強引に言い寄った感じかな。さあ、わたしたち付き合いますよって」

「もう一度訊くけど。別に悪い意味じゃなくて。何で谷さん？」

「あの人、すごく弱いから」

「谷さん、弱い？」

「弱い。で、わたしは、弱い人に弱い」

わかるようなわからないようなだが。わかるもわからないもない。本人がそう感じるからには、そうなのだ。春行は百波に惹かれ、僕はたまきに惹かれ、貴哉くんは曽根弥生ちゃんに惹かれ、美郷さんは谷さんに惹かれる。それだけ。

「あ、そうそう。平本くんに手紙が来てたんだ」と美郷さんが立ち上がる。

「手紙?」

「うん。局宛で」

美郷さんが課長席のほうへ行き、戻ってくる。僕にその手紙を渡す。

「平本くんにだから言っちゃったけど。今の話、一応、ナイショね。あの人自身には言っちゃってもいいけど、別に言わなくてもいい。どうするかは平本くんが決めて」

「了解」

「じゃ、お先。おつかれ」

「おつかれ」

美郷さんは去っていく。明日は日曜だから、もしかすると、谷さんのもとへ?

僕はその手紙、封書に目を落とす。

宛名は、蜜葉市みつば郵便局、ヒラモト様。

差出人は、何と、市川邦彦さん。住所の記載はない。

確か初めに名乗った程度だが。よく覚えてたな、僕の名字。

茶封筒よりはランクが上の白い封筒。封を切り、なかの手紙を取りだす。横書きの便箋だ。模様入りではない。ただのノートと言ってもいい、シンプルなもの。

そこにはこんなことが書かれている。

みつば郵便局　ヒラモト様
突然のお便りで、すいません。所属部署はわからなかったため、書きませんでした。でも、そのもの郵便局さんなので、これで届けていただけますよね。

年末は大変失礼しました。思い返すたび、自分の愚かさにおののきます。踏み外した道にどうにか引き戻してもらい、ヒラモトさんには大いに感謝しております。

ついでに、ご報告しておきます。

ヒラモトさんのアイデアを頂き、彼女に年賀状を出しました。ラヴレターならぬラヴ年賀です。気に入ったので、文面はあのまま。あけまして愛してます。ただ、念のため。本気です、と付け加えました。もしよかったら電話をください、とも。

電話、もらいました。それもヒラモトさんのおかげだと思っています。本当にありがとうございました。本当にすいませんでした。

市川邦彦

手紙を読み終えて、顔を上げる。そして目を落とし、もう一度、読む。

もしよかったら電話をください、がよかったのだろう。こちらから電話はしませんから、という意思が何となく伝わる。

それにしても。市川さん。本当に出したのか。悪くない案だと言っていたとはいえ、四十歳。どこかで踏みとどまりそうなものなのに。まあ、出したラヴレターを自ら回収に行く人だから、わからないでもないけど。

手紙を封筒に入れ、立ち上がる。

着替えて、僕も向かうのだ。明日は日曜だから、もしかしなくても、たまきのもとへ。

歩きながら、何となく振り向き、空の区分棚や無人のイスを見る。

この仕事は好きだな、と思う。

この作品は、書下ろしです。
なお、本書に登場する会社等はすべて架空のものです。

みつばの郵便屋さん

小野寺史宜

郵便配達員の平本秋宏には年子の兄がいて、今やちょっとした人気タレント。一方、秋宏は顔は兄とそっくりだが、性格はいたって地味、なるべく目立たないようにしているのだが……。「あれ、誰かに似ていない?」季節を駆けぬける郵便屋さんがはこぶ、小さな奇蹟の物語。

みつばの郵便屋さん　二代目も配達中

小野寺史宜

2015年11月5日　第1刷発行

発行者　奥村傳
発行所　株式会社ポプラ社
〒一六〇-八五六五　東京都新宿区大京町二二-一
電　話　〇三-三三五七-二二一二（営業）
〇三-三三五七-二三〇五（編集）
〇一二〇-六六六-五五三（お客様相談室）
振　替　〇〇一四〇-三-一四九二七一
ホームページ　http://www.poplar.co.jp/ippan/bunko/
フォーマットデザイン　緒方修一
印刷・製本　中央精版印刷株式会社

N.D.C.913/302p/15cm
ISBN978-4-591-14734-4
落丁・乱丁本は送料小社負担でお取り替えいたします。
ご面倒でも小社お客様相談室宛にご連絡ください。
受付時間は、月～金曜日、9時～17時です（ただし祝祭日は除く）。